www.ingramcontent.com/pod-product-compliance
Lightning Source LLC
LaVergne TN
LVHW01083605[illegible]026
849532LV00[illegible]07B/2727
* 9 7 8 9 3 6 9 0 8 3 0 6 0 *

وقت سمندر

(افسانے)

محمد منشا یاد

© Muhammad Mansha Yaad
Waqt Samundar (Short Stories)
by: Muhammad Mansha Yaad
Edition: January '2026
Publisher :
Taemeer Publications LLC (Michigan, USA / Hyderabad, India)

ISBN 978-93-6908-306-0

کتاب	:	**وقت سمندر** (افسانے)
مصنف	:	**محمد منشا یاد**
بہ تعاون	:	الف یار ڈاٹ کام ویب سائٹ
صنف	:	فکشن
ناشر	:	تعمیر پبلی کیشنز (حیدرآباد، انڈیا)
سالِ اشاعت	:	۲۰۲۶ء
صفحات	:	۹۸
سرورق ڈیزائن	:	تعمیر ویب ڈیزائن

فہرست

پیش لفظ

وقت سمندر جدید اردو افسانے کے ایک ایسے معتبر اور گہرے فنکار محمد منشا یاد کے منتخب افسانوں کا مجموعہ ہے، جنہوں نے اردو فکشن کو دیہی زندگی کی مٹی، شہری تضادات کی کڑواہٹ اور انسانی باطن کی پیچیدگیوں سے ہمکنار کیا۔ منشا یاد محض افسانہ نگار نہیں تھے بلکہ وہ اپنے عہد کے سماجی شعور، انسانی درد اور تہذیبی سچائیوں کے امین تھے۔ ان کے افسانے قاری کو محض کہانی نہیں سناتے بلکہ اسے زندگی کے اس سمندر میں اتار دیتے ہیں جہاں وقت، یاد، محرومی، خواہش اور شناخت ایک دوسرے میں گھل مل جاتے ہیں۔

اس مجموعے میں شامل نو افسانے — غروب ہوتی صبح، کاشی، کالک، آدم بو، خلا اندر خلا، پکی سڑک، ٹائم از اوور، پانی میں گھرا ہوا پانی، اور وقت سمندر — منشا یاد کے فکری اور فنی ارتقا کا جامع آئینہ ہیں۔ یہ افسانے دیہی پنجاب کی سادہ مگر گہری زندگی سے نکل کر شہری تمدن کے الجھے ہوئے مسائل تک پھیلے ہوئے ہیں۔ یہاں کسان، مزدور، مفلوک الحال انسان، متوسط طبقہ، سرکاری افسر، اور شہری طاقت کے نمائندے سب اپنی پوری نفسیاتی ساخت کے ساتھ موجود ہیں۔

منشا یاد کی افسانہ نگاری کی سب سے بڑی خوبی ان کی کردار نگاری ہے۔ وہ کردار کو کسی خارجی واقعے کا تابع نہیں بناتے بلکہ کردار کی ذات، اس کے باطن، اس کے خوف، اس کی ناکام تمناؤں اور اس کی خاموش چیخوں کو براہِ راست قاری کے سامنے رکھ دیتے ہیں۔ یہی وجہ ہے کہ ان کے کردار محض افسانے کے کردار نہیں رہتے بلکہ قاری کی یادداشت کا حصہ بن جاتے ہیں۔ ان کے ہاں علامت محض علامت نہیں بلکہ ایک جیتی جاگتی حقیقت ہے جو کہانی کے تانے بانے میں فطری طور پر جذب ہو جاتی ہے۔

منشا یاد کے افسانوں میں دیہی زندگی کی خوشبو، میلوں ٹھیلوں کی ثقافتی علامتیں، اور سماجی رشتوں کی سچائیاں پوری شدت سے موجود ہیں۔ وہ رومانیت اور حقیقت نگاری کے امتزاج سے ایسا توازن قائم کرتے ہیں جہاں نہ عریانی ہے اور نہ مصنوعی جذباتیت۔ ان کا فن انسان دوستی، سماجی اصلاح اور اخلاقی شعور سے جڑا ہوا ہے۔

وقت سمندر دراصل وقت، انسان اور سماج کے باہمی تعلق کی ایک علامتی اور فکری دستاویز ہے۔ یہ کتاب اس عظیم افسانہ نگار کو خراجِ عقیدت بھی ہے اور اردو افسانے کے سنجیدہ قارئین کے لیے ایک فکری تجربہ بھی۔ منشا یاد اگرچہ جسمانی طور پر ہم میں موجود نہیں، مگر ان کے افسانوی کردار اور ان کی تخلیقی روشنی ہمیشہ اردو ادب میں زندہ رہیں گے۔

ا

غروب ہوتی صبح

عجیب دروغ بھری صبح طلوع ہوئی ہے کہ پتہ ہی نہیں چل رہا وہ جاگ گیا ہے یا ابھی تک سو رہا ہے۔ اگر وہ سو رہا ہے تو سامنے والی خالی کھڑکی اسے کیسے نظر آ رہی ہے اور اگر وہ جاگ رہا ہے تو اسے اپنے خراٹوں کی آواز کیسے سنائی دے رہی ہے۔ ان خراٹوں کے ساتھ ساتھ اسے ان شارکوں کا شور بھی سنائی دے رہا ہے جو اسے نظر تو نہیں آ رہیں مگر خالی کھڑکی کے چھجے پر بیٹھی عجیب و غریب آوازیں نکال کر آپس میں اظہار محبت کر رہی ہیں یا شاید لڑ جھگڑ رہی ہیں۔ اچانک اس کا پاؤں پھسل جاتا ہے اور وہ گہرے پانی میں غوطے کھانے لگتا ہے عجیب کیفیت ہے، وہ سوچتا ہے کہ وہ ڈوب بھی رہا ہے اور خود کو ڈوبتے ہوئے دیکھ بھی رہا ہے۔ اس کا مطلب ہے وہ ڈوب گیا تب بھی کچھ نہ کچھ بچ جائے گا۔ اسی لمحے آپس میں لڑتی جھگڑتی یا شاید چہلیں کرتی شارکوں میں سے ایک ایسی عجیب و غریب آواز نکالتی ہے جیسے ہنس رہی ہو۔ دوسری آہستہ سے کچھ کہتی ہے۔ پھر پہلی زور سے چلاتی ہے۔

"جھوٹ، جھوٹ، جھوٹ۔"

اس کے بعد دونوں میں سے کوئی جیسی بھی آواز نکالتی اور کچھ بھی کہتی ہے،

دوسری زور زور سے چلانے لگتی ہے۔ "جھوٹ، جھوٹ، جھوٹ۔"

پڑوس سے خوشی کے گیتوں کی آوازیں سنائی دیتی ہیں۔ جواب میں شارکیں کورس میں جواب دیتی ہیں

"مکر مکر مکر، دھوکا دھوکا دھوکا"

شاید اب اس کا ذہن کچھ بیدار ہو گیا ہے کہ خراٹوں کی آواز سنائی نہیں دے رہی اسے یاد آتا ہے رات وہ دیر تک اپنے پسندیدہ گیتوں کا کیسٹ لگا کر سنتا رہا تھا، وہ ہاتھ بڑھا کر ٹیپ ریکارڈر کا بٹن دباتا ہے

"الفت کی نئی منزل کو چلا"

مگر جونہی گیت ختم ہوتا ہے ایک شارک کی آواز سنائی دیتی ہے۔ "جھوٹ، جھوٹ، جھوٹ۔"

دوسری کہتی ہے "دھوکا دھوکا دھوکا"

اس کے بعد وہ جو بھی گیت سنتا ہے۔ دونوں شارکیں یا ان میں سے کوئی ایک جھوٹ جھوٹ اور دھوکا دھوکا کی گردان کرنے لگتی ہے۔

وہ ٹیپ ریکارڈ بند کر دیتا ہے اور ریڈیو سے خبریں سنتا ہے۔ شارکیں اب بھی باز نہیں آتیں۔ وہ لیٹے لیٹے پاؤں کی ٹھوکر سے کھڑکی کا پٹ بند کر دیتا ہے۔ پٹ کے زور سے بند ہونے کی آواز سن کر شارکیں اڑ جاتی ہیں۔ اب ہنسنے کی اس کی باری ہے۔

تکئے کے نیچے ہاتھ ڈال کر سگریٹ کا پیکٹ نکالتا ہے۔ سگریٹ منہ میں لے کر سلگانے لگتا ہے مگر پھر اسے یاد آتا ہے کہ آج چھٹی کا دن ہے اور باؤ جی ابھی تک گھر

پر ہوں گے۔ سگریٹ کی خوشبو سے انہیں فوراً پتہ چل جائے گا کہ اس نے پھر سے سموکنگ شروع کر دی ہے۔ کیا مصیبت ہے وہ جھنجھلا کر سوچتا ہے کہ وہ اپنی مرضی سے سگریٹ بھی نہیں پی سکتا۔ گردن کے پیچھے دونوں ہاتھ باندھ کر لیٹ جاتا ہے اور دن بھر میں پیش آنے والے متوقع واقعات اور اپنی مصروفیت کا جائزہ لیتا ہے۔ ابھی جب وہ نیچے جائے گا۔ اسے بیکری سے انڈے اور ڈبل روٹی لانے کو کہا جائے گا پھر اسے سبزی یا گوشت کی دکان پر بھیج دیا جائے گا۔ مگر شاید آج نہیں کہ سب کا دوپہر کا کھانا پڑوس والوں کے ہاں ہے۔ البتہ جب وہ ناشتہ کر رہا ہو گا تو ہر ایک کو اپنے اپنے کام یاد آنے لگیں گے۔ فلاں کے ہاں سے سلے ہوئے کپڑے لا دو، فلاں کے گھر یہ پیغام دے آؤ۔ فلاں کو چھوڑ آؤ، فلاں کو لے آؤ۔ وہ موٹروں، تانگوں، بسوں، رکشاؤں اور ٹریفک کے اصولوں کی خلاف ورزی کرتے سائیکل سواروں سے بچتا بچاتا، بڑی مشکل سے ایک مہم سے واپس آئے گا تو اسے کسی دوسری مہم پر روانہ کر دیا جائے گا۔ اسے آج پہلی بار احساس ہو رہا ہے کہ وہ یہ مہمیں سر کرتے کرتے اکتا چکا ہے اسے لگتا ہے جیسے وہ ان سب کا بیٹا، بھائی، دیور اور چچا نہیں زر خرید غلام ہے، باؤ جی تو پھر باپ ہیں انہوں نے اسے پیدا کیا ہے۔ اگرچہ کچھ احسان نہیں کیا۔ مگر حد یہ ہے کہ ان کے دوستوں کے دوست بھی اس پر حق رکھتے ہیں اور جب اور جہاں چاہتے ہیں اسے بیگار میں پکڑ کر بھیج دیتے ہیں، وہ جیب خرچ سے بچا کر چند لیٹر پٹرول موٹر سائیکل میں ڈلواتا ہے کہ کہیں گھوم آئے مگر اسے بھابی کا سندیسہ لے کر ان کے میکے جانا پڑ جاتا ہے اور جب وہ ان کے میکے جاتا ہے تو بھابی کی بھابی اسے اپنی بھابی کے ہاں کسی کام سے روانہ کر دیتی ہے اور تو اور منی اور پپو بھی اس پر

حکم چلا لیتے ہیں۔ چچا ہمیں سیر کرا دو۔ ہمیں چڑیا گھر لے چلو، ہمیں آئس کریم کھلا دو۔

اس کی زندگی بھی کیا زندگی ہے۔ وہ دکھ سے سوچتا ہے۔ گھر ہو یا دفتر ہر جگہ اس کے بہت سے آقا موجود ہیں جو اسے اپنا غلام سمجھ کر احکامات جاری کرتے رہتے ہیں۔ اور جیسے اس کی اپنی کوئی پسند یا مرضی نہ ہو۔ اس کی اپنی کوئی شخصیت نہ ہو۔ ہر کوئی اس پر اپنی پسند اور مرضی ٹھونسنا چاہتا ہے۔ گھر میں جو پکا ہے وہ کھانا پڑتا ہے جو دوسرے چاہیں وہ کرنا پڑتا ہے۔ دفتر کے جیسے بھی ضابطے ہوں یا ان میں کیسی بھی ترامیم ہوتی رہتی ہوں اسے موسٹ اوبیڈینٹ سرونٹ بن کر ان کی تعمیل کرنا پڑتی ہے۔ تو کیا وہ اوروں کے احکامات بجا لانے اور ان کی مرضی کے مطابق زندگی گزارنے کے لئے پیدا ہوا ہے؟ خود اس کا اپنے اوپر کوئی حق نہیں! اسے کسی بات کا اختیار نہیں! افسوس اس نے آج سے پہلے کبھی اس پر غور نہیں کیا کہ کسی کو اس کے جذبات و محسوسات جاننے کی پرواہ نہیں۔ لیکن وہ ایسا نہیں ہونے دے گا۔ وہ انہیں بتائے گا کہ اس کی اپنی آزاد اور خود مختار شخصیت ہے اور کسی کو اس کی آزادی سلب کرنے کا کوئی حق نہیں۔ وہ چونکتا ہے منی اخبار لے کر اندر آتی ہے اور تپائی پر رکھ کر چلی جاتی ہے وہ اخبار اٹھا کر شہ سرخی پڑھتا ہے۔ شاید شارکیں کہیں پڑوس کے کسی چھجے پر جا بیٹھی ہیں دور سے ان کی آواز سنائی دیتی ہے۔

"جھوٹ، جھوٹ، جھوٹ۔"

وہ اخبار اٹھا کر ایک طرف رکھ دیتا ہے اور سگریٹ سلگا کر پینے لگتا ہے سگریٹ کا کش لیتے ہوئے اسے ایسا محسوس ہونے لگتا ہے جیسے اس نے اپنی آزادی اور خود

مختاری کا اعلان کر دیا ہو اپنے بہت سے آقاؤں کے خلاف بغاوت کا علم بلند کر دیا ہو اسی لمحے سامنے کے مکان کے چھجے پر ایک موٹا تازہ کوا آبیٹھتا ہے اور بلند آواز سے کہتا ہے "دروغ"

وہ اٹھ کر کھڑکی کا دوسرا پٹ بھی بند کر دیتا ہے۔ پٹ بند ہونے کی آواز سے کوا اڑ جاتا ہے لیکن اسے لگتا ہے جیسے وہ چھجے سے اڑ کر اس کے اندر کی کسی منڈیر پر آ بیٹھا ہو اور اس کی ہر بات اور سوچ پر دروغ دروغ کی رٹ لگا کر پانی پھیرنے لگا ہو۔

تب بھابی اندر آتی ہیں اور ایک نظر اسے دیکھ کر کمرے میں بکھری چیزوں کو ٹھیک کرنے لگتی ہیں، وہ اخبار میں پناہ لیتا ہے۔ وہ کہتی ہیں۔ "اچھا ہوا تم جلدی اٹھ گئے، ناشتہ کر کے مجھے آپا کے ہاں سے کپڑے لا دو انہوں نے ٹانک دیئے ہوں گے ؟"

اس کا جی چاہتا ہے وہ ان سے پوچھے کہ کپڑے کس کے ہیں ؟ لیکن پھر اسے خیال آتا ہے کہ جب اسے لا کر دینے ہی نہیں ہیں تو اسے اس سے کیا غرض کہ کپڑے بھابی کے اپنے ہیں یا انہوں نے پڑوس والوں کے لئے بنائے ہیں۔

"بھابی آپ کسی اور سے منگوا لیجئے مجھے ایک ضروری کام سے کہیں جانا ہے۔"

"ایسا کون سا ضروری کام آپڑا ہے تجھے آج کے دن؟"

"کیوں آج کیا کوئی انوکھا دن ہے ؟"

وہ اس کی طرف غور سے دیکھتی ہیں تو اسے شک گزرتا ہے کہیں اس کی آواز بھرّا تو نہیں گئی تھی !؟

"آج۔۔ تمہیں پتہ تو ہے بھیا۔ آج کیا ہے۔ پڑوس میں تمہاری ضرورت ہو

گی۔"

"میری کیا ضرورت ہو سکتی ہے۔"

"پڑوسیوں کے بڑے حقوق ہوتے ہیں۔ محلے داری ہے آخر"

"مجھے نہیں معلوم۔" وہ رکھائی سے کہتا ہے۔ "آج مجھے فراغت نہیں"

بھابھی کچھ دیر خاموش رہتی ہیں پھر کہتی ہیں:

"تم مرد لوگ بہت بے حوصلہ ہوتے ہو اور خود غرض بھی۔"

"کیا مطلب؟"

"ذرا سی تکلیف برداشت نہیں کر سکتے۔ آسمان سر پر اٹھا لیتے ہو اور بے چاری عورت۔"

"پتہ نہیں آپ کیا کہہ رہی ہیں؟"

"میں ٹھیک کہہ رہی ہوں۔ رات تمہارے بھائی جان کے سر میں درد تھا۔ ساری رات خود سوئے نہ مجھے سونے دیا۔ حالانکہ جب کبھی رات کو مجھے پتے کا شدید درد بھی ہوتا ہے میں محض اس لئے ہائے وائے نہیں کرتی کہ ان کی نیند خراب نہ ہو۔"

"آپ بھائی جان کا غصہ مجھ پر اتار رہی ہیں! کیسے ہیں وہ؟"

"اب مزے سے سو رہے ہیں مجھے سر درد میں مبتلا کر کے۔"

"اس کی سمجھ میں نہیں آتا کہ کیا جواب دے۔ لیکن اس خیال سے کہ بات بڑھ نہ جائے وہ نرم لہجے میں کہتا ہے۔"

"میں جلد واپس آجاؤں گا۔"

"اچھا چلو نہا دھو کر ناشتہ کر لو۔"

"میں ناشتہ بھی وہیں کروں گا۔ مجھے جلدی ہے۔"

"اچھا جیسے تمہاری مرضی۔۔ مگر موٹر سائیکل نہ لے جانا۔ تمہارے بھائی جان کو ضرورت ہو گی۔"

"جی اچھا۔"

وہ سیڑھیاں اتر کر نیچے آتا ہے منہ ہاتھ دھو کر کپڑے بدلتا اور باہر جانے لگتا ہے اس کی والدہ کہتی ہیں:

"جلدی آجانا بیٹے۔ بہت سے کام ہیں۔"

"کام کام کام" وہ زیر لب بڑبڑاتا ہے اور تیز تیز قدم اٹھاتا باہر نکل جاتا ہے گلی میں ابھی سے بہت شور اور بھاگ دوڑ شروع ہو گئی ہے۔ شامیانے لگ رہے ہیں۔ قناتیں تانی جا رہی ہیں۔ پیاز چھیلے جا رہے ہیں اور اینٹیں جوڑ کر بڑے بڑے چولہے بنائے جا رہے ہیں۔ ایسا لگ رہا ہے جیسے ابھی کوئی اسے آواز دے کر بلا لے گا۔ وہ جلد از جلد ان آشنا لوگوں اور آوازوں سے دور چلا جانا چاہتا ہے۔

تھوڑی دور جا کر گلی دو حصوں میں تقسیم ہو گئی ہے وہ پہلے دائیں جانب کو قدم بڑھاتا ہے پھر کچھ سوچ کر بائیں جانب کو مڑ جاتا ہے۔ ابھی دکانیں نہیں کھلیں۔ ویسے بھی آج چھٹی کا دن ہے صرف دودھ دہی، بیکری، قصاب اور حجاموں کی دکانیں کھلی ہیں۔ دینو حلوائی کی دکان پر نہاری اور حلوہ پوری خریدنے والوں کا ہجوم ہے۔ اس کا جی نہاری کھانے کو چاہتا ہے مگر وہ جلد از جلد اپنی آزادی میں مخل ہونے والے جان پہچان کے لوگوں سے دور نکل جانا چاہتا ہے۔

سڑک پر پہنچ کر اپنی طرف والے بس اسٹاپ پر کھڑا ہو جاتا ہے مگر پھر یہ دیکھ کر کہ دوسری جانب والی بس پہلے آگئی ہے۔ وہ سڑک پار کر کے جلدی سے بس پر سوار ہو جاتا ہے۔ بس کنڈیکٹر ٹکٹ کے لئے کہتا ہے تو فوری طور پر اس کی سمجھ میں نہیں آتا کہ وہ کس جگہ کا ٹکٹ خریدے لیکن ساتھ والا مسافر ریلوے سٹیشن تک کا ٹکٹ مانگ کر اس کی مشکل آسان کر دیتا ہے۔

ریلوے اسٹیشن کے سامنے فٹ پاتھ پر چلتے ایک میلا کچیلا لڑکا جس کے جسم پر صرف ایک قمیص ہے۔ اس کے سامنے ہاتھ پھیلاتا ہے۔

"کیوں مانگتے ہو؟"

"بھوکا ہوں۔"

"کیوں بھوکے ہو؟"

"میرے ماں باپ نہیں ہیں۔"

"اچھا ہے نہیں ہیں۔" وہ کہتا ہے۔ "اگر ہوتے تو تم اپنی مرضی سے بھیک بھی نہیں مانگ سکتے تھے"

وہ لڑکے کو کچھ پیسے دیتا ہے اور آگے بڑھ جاتا ہے۔

ریلوے اسٹیشن پر بہت رونق ہے۔ لوگ آرہے ہیں جا رہے ہیں۔ انکوائری سے معلومات حاصل کر رہے ہیں۔ قلیوں کو پیسے دے رہے ہیں۔ عزیز و اقارب سے گلے مل رہے ہیں۔ وہ مختلف گاڑیوں کے اوقات اور کرائے نامے پڑھنے لگتا ہے اس کا جی چاہتا ہے کسی اپ ٹرین میں بیٹھ کر چچا کے ہاں چلا جائے۔ لیکن پھر اس خوف سے کہ اس کے پاس اپنی چچازاد کے سوالوں کا کوئی جواب نہیں، وہ ارادہ بدل

لیتا ہے۔ پھر اسے خیال آتا ہے کہ کسی ڈاؤن ٹرین کے ذریعے ماموں کے ہاں چلا جائے۔ مگر پھر اسے ممانی کی تیوری کے بل یاد آجاتے ہیں اور وہ کچھ بھی فیصلہ نہیں کر پاتا۔ پلیٹ فارم ٹکٹ خرید کر پلیٹ فارم پر آجاتا ہے اور ایک پورا چکر لگاتا ہے پھر چائے کے اسٹال پر کھڑے ہو کر ناشتہ کرتا ہے۔ ناشتے سے فارغ ہو کر ایک بنچ پر آ بیٹھتا ہے اور گاڑی کا انتظار کرنے لگتا ہے۔ تھوڑی دیر بعد گاڑی آجاتی ہے۔ وہ ہجوم سے ہٹ کر کھڑا ہو جاتا ہے اور چڑھنے اور اترنے والوں کو خالی نظروں سے دیکھتا رہتا ہے پھر جب گاڑی چلی جاتی اور پلیٹ فارم خالی ہو جاتا ہے تو وہ دوبارہ اسی بنچ پر آ بیٹھتا ہے اور دوسری گاڑی کا انتظار کرنے لگتا ہے۔ اچانک اس کے ذہن میں سوچ کا ایک چیونٹا کلبلاتا ہے کہ جب اسے معلوم ہی نہیں کہ اسے کہاں جانا ہے تو وہ ایک گاڑی کے چلے جانے کے بعد دوسری اور پھر تیسری گاڑی کا انتظار کیوں کر رہا ہے۔ وہ اٹھ کر ریلوے اسٹیشن سے باہر آتا ہے۔ چوک پر پہنچ کر کچھ دیر سوچتا ہے۔ پھر بڑے بازار کی طرف چل دیتا ہے۔

تھوڑی دور جا کر اسے اپنا ایک دوست مل جاتا ہے علیک سلیک کے بعد وہ اس سے ضروری کام کا بہانہ کر کے جلد جلد رخصت ہوتا ہے۔ اور کھلی اور بند دکانوں کے آگے سے گزرتا بڑے چوک پر آجاتا ہے۔ یہاں پرانی کتابوں کے اسٹال ہیں وہ ایک اسٹال پر رک کر کتابوں کی ورق گردانی کرتا ہے۔ پھر دو رویہ سڑک کے کنارے فٹ پاتھ پر چلنے لگتا ہے۔

چڑیا گھر کا بورڈ دیکھ کر رک جاتا ہے پھر ٹکٹ خرید کر چڑیا گھر میں داخل ہو جاتا ہے۔ چڑیا گھر میں جانوروں اور پرندوں کو کٹھروں اور پنجروں میں بند دیکھ کر اس کا

دم سا گھٹنے لگتا ہے وہ جلد از جلد اس ماحول سے نکل جانا چاہتا ہے کہ شیر کے دھاڑنے کی آواز سنائی دیتی ہے۔ شیر کی آواز سن کر چاروں طرف سے تماشائی اس کے کٹہرے کے سامنے جمع ہونے لگتے ہیں۔ کیا دیکھتا ہے کہ شیر فرش پر بیٹھا تماشائیوں کے ہجوم اور قید کی ایک جیسی زندگی سے اکتا کر زور زور سے دھاڑ رہا ہے وہ تماشائیوں سے جس قدر بیزاری کا اظہار کرتا ہے۔ اتنے ہی زیادہ تماشائی جمع ہو جاتے ہیں پھر ایک عجیب واقعہ پیش آتا ہے۔ شیرنی اپنی جگہ سے اٹھتی ہے اور اس کے قریب آ کر اپنا سر اس کے سر سے رگڑتی ہے جیسے دلاسہ دے رہی ہو اور شیر کی آواز رفتہ رفتہ تھم جاتی ہے۔ اسے بھابی کی بات یاد آتی ہے کہ تم مرد لوگ بہت بے حوصلہ ہوتے ہو۔ آسمان سر پر اٹھا لیتے ہو اس کا جی چاہتا ہے تمام پنجروں کے پٹ کھول کر چڑیا گھروں کے سبھی جانوروں اور پرندوں کو آزاد کر دے مگر پھر اسے کمزور جانوروں کا خیال آتا ہے جو کٹہروں سے نکلتے ہی طاقتور درندوں پرندوں کا لقمہ بن جائیں گے۔ وہ آگے بڑھتا اور ہرنیوں کو ریلنگوں اور خاردار تاروں سے گھرے جنگلے میں بے فکری سے ٹہلتے دیکھ کر سوچ میں پڑ جاتا ہے کہ وہ جنگل کی نسبت یہاں کس قدر محفوظ ہیں۔ کسی چیتے کی گھات کا ڈر نہ کسی شکاری کی بندوق کا خوف، تو کیا کمزوروں کی بقا صرف قید اور غلامی میں ہے۔ وہ آزادی کا ایک دن بھی چین اور اطمینان سے نہیں گزار سکتے؟ وہ کوئی فیصلہ نہیں کر پاتا اور جھنجھلا کر باہر نکل آتا ہے۔

دوپہر ڈھلنے لگی ہے اور اسے بھوک ستا رہی ہے۔ وہ ایک چھوٹے سے ہوٹل میں داخل ہو کر کھانا کھاتا ہے۔ پھر سگریٹ کے کش لگاتا ہوا باہر آتا اور سڑک کے

کنارے ایک اونچی دیوار پر چڑھ کر بیٹھ جاتا ہے۔ ایک کے بعد دوسرا اسگریٹ سلگاتا اور گزرنے والی گاڑیوں کی نمبر پلیٹیں پڑھنے لگتا ہے۔

اچانک اسے خیال آتا ہے کہ وہ حساب لگا کر دیکھے ایک گھنٹے میں مختلف اقسام اور ماڈلوں کی کتنی گاڑیاں وہاں سے گزرتی ہیں۔ اس سے چوبیس گھنٹوں میں وہاں سے گزرنے والی گاڑیوں کا اوسط نکالنے میں آسانی رہے گی۔ پھر وہ ایک ماہ اور پھر ایک سال کا اوسط نکالتا ہے۔ لیکن اس کی سمجھ میں نہیں آتا کہ اب ان اعداد و شمار کا کیا کرے؟

دیوار پر چڑھ کر بیٹھے بیٹھے اور گاڑیوں کی تعداد گنتے گنتے سہ پہر ہو جاتی ہے، درختوں کے سائے لمبے ہو جاتے اور گرمی کی شدت میں کمی آجاتی ہے۔ وہ ایک طرف کو سایہ دار درختوں کے نیچے چلتا رہتا ہے اور شہر کی سب سے بڑی سیر گاہ میں داخل ہوتا ہے۔ سیر گاہ میں خوش لباس لوگ اور خوبصورت بچے ہر طرف دکھائی دیتے ہیں۔ اسے بچے اچھے لگتے ہیں۔ وہ انہیں دیکھ کر خوش ہوتا ہے۔ مصنوعی آبشاروں سے گرتا پانی اور چاروں طرف کھلے ہوئے رنگ برنگ خوشنما پھول دیکھ کر اس کے اندر کی گھٹن کم ہونے لگتی ہے۔ اسی لمحے ایک خوبصورت عورت اس کے قریب سے گزرتی ہے اور اسے میٹھی نظروں سے دیکھتی ہے۔ اس کا دل دھک دھک کرنے لگتا ہے۔ یقیناً وہ بھی اس کی طرح تنہا اور ویران ہو گی اور اس نے بھی انہی دنوں اپنی آزادی اور خود مختاری کا اعلان کیا ہو گا۔ مگر پھر اسے مصنوعی جھیل کی طرف پرواز کرتے پرندوں کی آوازیں سنائی دیتی ہیں۔

"مکر مکر مکر"

"جھوٹ، جھوٹ، جھوٹ۔"

"ریا۔ ریا۔ ریا"

"دروغ۔ دروغ۔ دروغ۔"

اس کے اندر درد کی ٹیسیں جاگتی ہیں۔ وہ پھولوں اور بچوں کی طرف توجہ دینا چاہتا ہے۔ مگر درد کی ٹیسیں پھیلتی چلی جاتی ہیں۔ وہ تھکے ہوئے پاؤں اٹھاتا میں گیٹ کی طرف چل دیتا ہے۔

اس کی جیب میں کرایہ موجود ہے لیکن وہ پیدل چلتا ہے۔ سڑکوں بازاروں اور گلیوں میں گھومتا مکانوں پر لگی نیم پلیٹوں اور دکانوں کے سائن بورڈ پڑھتا چلتا رہتا ہے۔ پھر اسے پتہ ہی نہیں چلتا کہ کب اور کیسے وہ دروغ بھرے دن کے غروب ہونے پر اپنے گھر کی گلی میں داخل ہو گیا۔ لمحہ بھر کے لیے ٹھٹکتا ہے پھر آہستہ آہستہ قدم اٹھا کر چلنے لگتا ہے۔ گلی میں آوارہ کتے جگہ جگہ ہڈیاں چھوڑ رہے ہیں۔ شامیانے اور قناتیں ہٹائیج اچکی ہیں اور اس کے گھر کے سامنے والے چھجے پر کوئی پرندہ موجود نہیں ہے۔ وہ تھکا ہارا نڈھال سا گھر میں داخل ہوتا ہے تو سب لوگ اس کے گرد جمع ہو جاتے ہیں۔

"کہاں تھے تم؟" والدہ پوچھتی ہیں۔

"سارا دن کہاں غائب رہے؟" بہن کہتی ہے۔

"ایسا کون سا ضروری کام آ پڑا تھا؟" بھائی گرجتا ہے۔

باؤجی غصے میں کمرے سے باہر آتے ہیں اور کہتے ہیں۔

"صبح کے گئے ہوئے تم پورا دن ضائع کر کے اب آ رہے ہو تمہیں شرم آنی

چاہیے۔"

"شرم کس بات کی باؤ جی۔" وہ غصے سے کہتا ہے۔ "کیا مجھے اپنی زندگی کا ایک دن بھی اپنی مرضی سے گزارنے یا ضائع کرنے کا اختیار نہیں"

بھابی قریب آتی ہیں اور چڑیا گھر کی شیرنی کی طرح اس کے سر کے ساتھ اپنا سر جوڑ کر کہتی ہیں۔ "تم تو مرد ہو دل بڑا کرو بھیا۔۔ آہستہ آہستہ سب ٹھیک ہو جائے گا۔"

"اب کیا رہ گیا ہے جو ٹھیک ہو جائے گا۔"

وہ ضبط کرنے کی بہت کوشش کرتا ہے مگر کئی دنوں کا روکا ہوا رونا ضبط کے سارے بندھن توڑ دیتا ہے۔ گھر کے لوگ سہم جاتے ہیں اور ایک دوسرے کی آنکھوں میں ان پوچھے سوالوں کا جواب تلاش کرنے لگتے ہیں۔

***

۲

کاشی

اس کا نام کاشی ہے اور وہ میرا سب سے چھوٹا بیٹا ہے۔

یوں تو ہر باپ اپنی اولاد سے محبت کرتا ہے مگر میں کاشی سے بہت محبت کرتا ہوں۔ اس کی کئی وجوہات ہو سکتی ہیں ایک تو یہی کہ ڈھلتی عمر کی اولاد ویسے ہی زیادہ عزیز ہوتی ہے شاید آدمی اس کے مستقبل کی متوقع خوشیاں نہ دیکھ سکنے کے خوف میں مبتلا ہوتا ہے۔ دوسری یہ کہ عمر کے اس دور میں پہنچنے تک آدمی ریاکاریوں، منافقتوں اور مکاریوں کے اتنے خار زار عبور کر چکا ہوتا ہے کہ چلتے چلتے پاؤں کے نیچے جب کبھی معصومیت کی نرم نرم اور ہری بھری گھاس آ جاتی ہے تو اسے عجیب میٹھی میٹھی گدگدی کا احساس ہوتا ہے۔

مجھے یاد ہے اوائل عمری میں جب دل میں خود رو پودے اگتے اور ان میں جذبوں کے شگوفے پھوٹتے تھے تو میں کسی کے بارے میں کوئی اندوہناک خبر سن کر اس قدر ملول ہو جاتا تھا کہ بھوک مر جاتی اور نیند اڑ جاتی تھی مگر پھر جب اندر اگنے والے خوشنما اور نازک پودے بڑھ کر تن اور درخت بن گئے تو آہستہ آہستہ میرا سارا اندر کاٹھ کا ہو گیا۔ لطیف جذبوں کے پرندے بہت کم ادھر کا رخ کرتے اور اگر

کبھی کرتے تو تھوڑی دیر کے لئے کسی ڈال پر بیٹھ کر چہچہاتے مگر پھر کرخت سوچوں کا کلہاڑا چلنے کی آواز سن کر فوراً ہی اڑ جاتے۔ اب مجھے اپنی عمر کے ہر آدمی کی طرح ہر بات میں مکاری، عیاری اور جھوٹ کی ملاوٹ نظر آنے لگی ہے شاید اس لئے کہ میں نے ہر جگہ یہی کچھ دیکھا اور برتا۔ اگر کہیں کسی بات میں مکاری نہ بھی ہو تو میرا ذہن اپنے پاس سے اس کی آمیزش کر لیتا ہے۔

ایک وقت تھا کہ افسانہ یا ناول پڑھتے اور ڈرامہ یا فلم دیکھتے ہوئے میں ہیرو یا ہیروئن کی ٹریجڈی پر بے اختیار رو پڑتا تھا مگر اب ہیروئن زہر پھانکتی یا ہیرو پھانسی چڑھتا ہے تو مزے سے آئس کریم کھاتا اور کوک پیتا رہتا ہوں۔ ایسا لگتا ہے جیسے میرے اندر جذبوں اور احساسات کے دریاؤں کی ساری مچھلیاں خود غرضی کے اود بلاؤں نے مار کر کھا لی ہیں۔

ایک زمانہ تھا کہ ناول یا فلم میں کسی بچے کی ماں مر جاتی تھی تو اپنی ماں کی موت پر روکا ہوا بے شمار رونا میرے دامن ضبط کو تار تار کر دیتا تھا مگر اب ہیرو کی ماں مر جاتی ہے تو میری خبیث آنکھ اس ٹوہ میں ہوتی ہے کہ مرنے کی اداکاری کرنے والی اداکارہ کی بھنووں یا ہونٹوں میں کسی قسم کی جنبش تو نہیں ہو رہی؟ لطیفوں اور ایسی باتوں پر جن کو سن کر کبھی ہنستے ہنستے پیٹ میں بل پڑ جاتے تھے، اب میں ناک بھوں چڑھاتا ہوں۔ مجھے ان سے عمومیت، بازاری پن اور اوور ایکٹنگ کی بو آتی ہے۔ اخبارات میں آئے دن اندوہناک وارداتوں، مظالم اور انسانی بربریت کے واقعات پڑھتا رہتا ہوں اور لمحہ بھر کے لئے ناگواری کا احساس مجھے بدمزہ بھی کر دیتا ہے مگر پھر سب کچھ اندر کے سؤر کے پیچھے بھونکتے کتوں کے شور میں دب جاتا ہے۔

پتہ نہیں کیوں جیسے جیسے ہماری عمریں کم ہوتی جاتی ہیں ہم زیادہ خود غرض اور بے رحم ہو جاتے ہیں ہم ایسی چیزوں، لوگوں، حتیٰ کہ قریبی عزیزوں سے بھی کوئی سروکار نہیں رکھنا چاہتے جن سے ہمیں جلد یا بدیر کسی مالی منفعت کی توقع یا نقصان کا احتمال نہ ہو۔ پچھلے برس ہمارے پڑوس میں ایک ایسا ہی خاندان آکر آباد ہوا۔ محلے میں کوئی مرے یا جئے ان کی بلا سے۔۔ دوسرے لوگوں کی طرح ہم نے بھی انہیں شادی غمی کی ہر تقریب میں بلایا مگر انہوں نے معذرت کرنے کی تکلیف بھی گوارا نہ کی۔ کاشی کبھی کھیلتا ہوا ان کے گھر چلا جاتا تو وہ اس ڈر سے کہ ان کی چیزیں الٹ پلٹ نہ دے نہایت رکھائی سے اسے باہر نکال کر دروازہ بند کر لیتے۔۔ مگر جب سے ہمارے ہاں ٹیلیفون لگا ہے اور ان لوگوں کی لوکل اور ٹرنک کالیں آنے جانے لگی ہیں ان لوگوں کا رویہ ہمارے ساتھ بالکل اپنوں جیسا ہو گیا ہے۔ یوں لگتا ہے جیسے ٹیلیفون کے تار ان کے دلوں کے گرد سے ہوتے ہوئے ہم تک پہنچتے ہیں۔ اب ہمارے ہاں ذرا سا کوئی بیمار پڑ جائے تو ان کے دلوں میں محبت اور بھائی چارے کی گھنٹیاں بجنے لگتی ہیں۔ کاشی کے لئے اکثر کھلونوں، مٹھائیوں اور پھلوں کے تحفے آتے رہتے ہیں اور اگر وہ کسی روز ان کے گھر کھیلنے نہ جائے تو اس کی آنٹی کو اپنا گھر اور آنگن سونا لگنے لگتا ہے۔

کاشی سے میرے بے پناہ محبت کی ایک وجہ یہ بھی ہے کہ اس کی وجہ سے فنا کا خوف جو میرے ذہن اور روح سے ہر لمحے چمٹا رہتا تھا وہ بہت حد تک دور ہو گیا ہے اب مجھے احساس ہوتا ہے کہ میں اپنے بعد کاشی اور کاشی کے کاشی کی صورت میں زندہ رہوں گا۔ دیئے سے دیا جلتا رہتا ہے۔ جلتا چلا جاتا ہے۔ انسان اتنا فانی بھی نہیں

ہے۔

کاشی میرا مستقبل بھی ہے جو ہمیشہ خوش آئندہ ہوتا ہے اور ماضی بھی۔ اس کی شکل و صورت اور بہت سی عادتیں مجھ سے ملتی جلتی ہیں اور میں اس کی شکل و صورت میں اپنے بچپن کو بالغ نظروں سے دیکھتا اور خوش ہوتا ہوں۔ میں اسے وہ سارے کھیل کھیلتے ہوئے دیکھنا چاہتا ہوں جو میرے کھیلنے سے رہ گئے تھے۔ میں اسے وہ ساری محبتیں دینا چاہتا ہوں جن سے میں بچپن اور زندگی میں محروم رہا اور میں اسے وہ ساری چیزیں کھلانا چاہتا ہوں جن کے لئے میں ترستا رہا۔ میرا جی چاہتا ہے اسے ہر وقت وہ آم چوستے ہوئے دیکھتا رہوں جو بچپن میں ایک بار سوتیلی ماں نے میرے ہاتھ سے چھین کر خود کھالیا تھا۔

کاشی نے جب سے بولنا اور چلنا پھرنا سیکھا ہے میں فارغ اوقات میں اسے اکثر اپنے ساتھ رکھتا ہوں دوستوں کی بے وفائیوں اور رشتہ داروں کے حاسدانہ رویوں سے اکتا کر میں نے اس کی محبت میں پناہ ڈھونڈھ لی ہے۔ ہم دونوں اکثر ایک دوسرے کو کہانیاں سناتے اور بازاروں، باغوں اور پارکوں میں اکٹھے گھومتے ہیں میں اس کے ساتھ ہم عمر دوست کا سا سلوک کرتا ہوں اور اس کی چھوٹی چھوٹی خوشیوں اور کھیلوں میں پوری دلچسپی لیتا ہوں۔ اگر وہ تتلی پکڑنے میں ناکام ہو جاتا ہے تو میں تتلی پکڑ کر اس پر اپنے بڑے ہونے کا رعب نہیں جماتا، تتلی نہ پکڑ سکنے کی اداکاری کر کے اس کی انا کو تسکین پہچانے کی کوشش کرتا ہوں۔ لیکن اب وہ پہلے کی نسبت کافی سمجھدار ہو گیا ہے ورنہ پچھلے سال جب وہ میرے ساتھ بازار جاتا تھا۔ تو میری آنکھ بچا کر مٹھائی یا ٹافیوں کی کسی دکان میں گھس جاتا اور دکاندار سے کہتا۔

"یہ دے دو۔"

مگر اب اسے پتہ چل گیا ہے کہ یہ چیزیں ایسے نہیں مل جاتیں ان کے لئے پیسے دینا پڑتے ہیں۔ آہستہ آہستہ اس کے ذہن میں پیسے اور سکے کی اہمیت واضح ہوتی جا رہی ہے مگر ابھی اسے حساب کتاب کا شعور نہیں ہے نہ اسے یہ معلوم ہے کہ پیسے کہاں سے اور کیسے آتے ہیں۔ اس کا خیال ہے کہ ہر چیز کی قیمت ایک چونی ہوتی ہے۔ ایک روز جوتوں کی دکان کے سامنے سے گزرتے ہوئے کہنے لگا۔

"مجھے نئے جوتے لے دیں۔"

میں نے کہا۔ "پھر کبھی لے دوں گا۔"

اس نے اصرار کیا اور کہا۔ "ابھی لے دیں نا۔"

اس پر میں نے کہا۔ "بیٹے میرے پاس اس وقت پیسے نہیں ہیں۔"

اس نے اپنی پتلون کی جیب میں ہاتھ ڈالا اور چونی نکال کر کہنے لگا۔

"میرے پاس ہیں۔"

میں اس کی ایسی معصومانہ باتوں سے لطف اندوز ہونا چاہتا ہوں لیکن یہ خیال مجھے فوراً ہی افسردہ کر دیتا ہے کہ اب وہ دن دور نہیں جب اسے گنتی یاد ہو جائے گی۔ چیزوں کی قیمتوں اور اپنی قوت خرید کا شعور حاصل ہو جائے گا اور ہندسوں اور اعداد کے چکر میں پڑ کر اس کے سارے سہانے خواب چور ہو جائیں گے۔

ہم سیر کے لئے نکلتے ہیں تو میں اس خیال سے کہ اس میں زندگی کی دشواریوں کا سامنا کرنے کا حوصلہ پیدا ہو اس کے لئے نسبتاً مشکل راستوں کا انتخاب کرتا ہوں۔ اس میں خود اعتمادی پیدا کرنے کے لئے اس کا ہاتھ چھوڑ دیتا ہوں مگر وہ اس کا برا

نہیں مانتا۔ کیوں کہ اسے آسان اور مشکل راستوں کا فرق معلوم نہیں ہے۔ اس لئے اگر کبھی سیڑھیاں اونچی ہوں اور اس سے عبور نہ ہو سکتی ہوں تو وہ بیٹھ کر اور گھسٹ کر انہیں عبور کرنے کی کوشش کرتا ہے۔ ٹوٹے ہوئے فٹ پاتھ سے بچ بچا کر گزر جاتا ہے۔ مگر بنانے والوں کی نیت اور کارکردگی پر شک کا اظہار نہیں کرتا۔ مین ہول کے ڈھکنے چوری کرنے والوں کو گالیاں نہیں دیتا اور کارپوریشن کے عملے کی نا اہلی کا شکوہ نہیں کرتا۔ میں سوچتا ہوں کاشی کتنے مزے میں ہے۔ سارا آشوب تو آگہی کا ہے۔ حقیقت سے آگاہ ہو کر آدمی کتنا غیر مطمئن ہو پریشان ہو جاتا ہے۔ ذہنی طور پر نابالغ لوگ کتنی سادگی اور معصومیت سے استحصالی قوتوں اور صورت حال کا شکار رہتے ہیں مگر کتنے مطمئن اور قانع نظر آتے ہیں۔

کاشی کو ہر بچے کی طرح پرندے، جانور اور ان کی کہانیاں اچھی لگتی ہیں میں اسے تمام کہانیاں جو مجھے یاد تھیں سن اچکا ہوں لیکن اس کا تقاضا ہوتا ہے کہ میں ہر بار نئی کہانی سناؤں۔ چنانچہ میں جانوروں اور پرندوں کی کہانیاں اپنے پاس سے گھڑ گھڑ کر سناتا رہتا ہوں۔ اس طرح میرا اپنا بھی کیتھارسس ہوتا رہتا ہے مثلاً میں نے پچھلے دنوں اسے طوطوں والی ایک کہانی سنائی اس کہانی میں ایک باغ کا ذکر تھا جس میں طرح طرح کے خوبصورت اور پھلدار درخت تھے مگر جب بھی بور آتا اور پھل لگتا، قریبی جنگل سے ہریل طوطوں کی ایک ڈار آجاتی اور کچے اور ادھ پکے پھلوں کو کتر کتر کر نیچے پھینکنے لگتی۔ یوں ہر بار پھلوں کے پکنے سے پہلے سارے پیڑ ویران اور بے ثمر ہو جاتے۔

کاشی ابھی کم سن ہے اس لئے اسے کہانی سنانے میں بڑی آسانی رہتی ہے۔ وہ

سوال جواب نہیں کرتا اور ہر بات چپکے سے تسلیم کر لیتا ہے مثلاً طوطوں والی اس کہانی کو سن کر وہ یہ نہیں پوچھتا کہ باغ کے رکھوالے کہاں ہیں اور کیا کرتے ہیں۔ اور اپنی غلیلوں سے ان کو مار یا بھگا کیوں نہیں دیتے۔

میں چونکہ کاشی سے محبت کرتا ہوں اس لئے اس کے بارے میں ہر وقت فکر مند رہتا ہوں۔ مجھے خوف لگا رہتا ہے کہ وہ ٹرائی سائیکل سے گر کر زخمی نہ ہو جائے، چاقو یا بلیڈ سے انگلی نہ کاٹ بیٹھے، چولہے کے قریب جانے پر اس کا ہاتھ یا پاؤں نہ جل جائے۔ کوئی سکہ نہ نگل لے یا کوئی دوسرا بچہ پتھر مار کر اس کی آنکھ نہ پھوڑ دے۔ رات کو وہ زکام کی وجہ سے زور زور سے خراٹے لیتا ہے تو میرا دل بیٹھنے لگتا ہے خدانخواستہ اسے خناق یا نمونیہ تو نہیں ہو گیا؟ بیمار پڑ جائے تو ڈاکٹر کے پاس لے جانے سے ہچکچاتا ہوں کہیں وہ کوئی مہلک یا خطرناک بیماری دریافت نہ کر لے۔

اس نے جب سے چلنا پھرنا سیکھا ہے۔ مجھے گلیوں اور محلوں میں سائیکلیں دوڑانے اور سکوٹر اور کاریں بھگانے والے کھٹکنے لگے ہیں۔ مجھے یہ سوچ کر ہول آتا ہے کہ کچھ عرصہ بعد جب وہ اسکول جانے لگا تو اسے سڑکیں پار کرتے ہوئے کتنی ہی موٹر سائیکلوں اور تیز رفتار گاڑیوں سے بچنا ہو گا اور اس کی سلامتی کیسے کیسے غفلت شعار اور رفتار کے نشے میں چور ڈرائیوروں کے رحم و کرم پر ہو گی۔

گلی محلے میں کوئی اجنبی شخص نظر آ جائے تو مجھے اس پر بردہ فروش ہونے کا گمان گزرتا ہے۔ ہم نے کاشی کو سخت تاکید کی ہوئی ہے کہ وہ گھر سے باہر کسی آدمی پر اعتبار نہ کرے اور کھلونا یا کھانے پینے کی چیز ہرگز قبول نہ کرے اور اس اندیشے کے پیش نظر کہ وہ گم ہو جائے یا کھو جائے تو اسے والدین کے نام اور گھر کا پتہ یاد ہو

ہم نے باتوں باتوں میں یہ معلومات ذہن نشین کرا دی ہیں۔ ایک روز وہ گلی میں کھیل رہا تھا اس کی امی باورچی خانے سے نکل کر تھوڑی دیر بعد اسے ایک نظر دیکھ لیتی تھی کہ اچانک وہ بھاگتا ہوا اندر آیا۔ وہ بے حد گھبرایا ہوا تھا اور اس کا رنگ زرد ہو رہا تھا۔ اس کی امی نے پوچھا۔

"کیا ہوا بیٹے؟"

کہنے لگا۔ "امی۔۔ آدمی۔"

اس کی امی نے بھاگ کر دروازہ بند کر لیا کیونکہ وہ آدمی اس کے پیچھے پیچھے دروازے کی طرف بڑھ رہا تھا مگر اسی لمحے باہر سے آواز سنائی دی۔

"بیٹی میں اختر علی ہوں۔۔ ادھر سے گزر رہا تھا کہ کاشی کو دیکھ کر رک گیا۔ میں اسے پیار کرنا چاہتا تھا مگر وہ ڈر کر اندر بھاگ آیا۔ آپ لوگوں نے آدمیوں سے اسے اس قدر خوفزدہ کیوں کر رکھا ہے؟"

پچھلے دنوں سابقہ تلخ تجربوں کی بنیاد پر بیوی نے مجھے مشورہ دیا کہ کاشی کے نرسری کلاس میں داخلہ کی بروقت رجسٹریشن کروالینی چاہیے تاکہ بعد میں دشواری نہ ہو۔ میں نظریاتی طور پر انگلش میڈیم تعلیم کے خلاف ہوں۔ اپنی قومی زبان سے محبت کرتا اور انگریزی زبان کی بالادستی کے خلاف تقریریں کرتا رہتا ہوں۔ لیکن کاشی کے لئے میں نے انگلش میڈیم سکول میں داخلے کا فیصلہ کیا ہے کیونکہ مجھے اس سے محبت ہے اور میں اسے اپنی طرح ناکامیوں اور احساس کمتری کا شکار ہوتے نہیں دیکھنا چاہتا۔ میں نے نرسری کلاس میں اس کے داخلہ کے بارے میں جو معلومات حاصل کیں ان سے پتہ چلا کہ اس کے لئے اسے جنوری اور جون کے درمیان کسی

وقت پیدا ہونا چاہیے تھا جب کہ وہ چودہ اگست کو پیدا ہو گیا تھا۔ اب اس کے سوا کوئی چارہ کار نہیں کہ ایک جھوٹا برتھ سرٹیفکیٹ بنوایا جائے اور اس کی تعلیم و تربیت کا آغاز اور بنیاد ہی جھوٹ پر استوار ہو۔ میں ہر تعلیم یافتہ شخص کی طرح جھوٹ کو ناپسند کرتا ہوں مگر کیا کیا جائے مجھے کاشی کا مستقبل بہت عزیز ہے۔ ویسے بھی جہاں تک سرٹیفکیٹ کا تعلق ہے میں اسے معمول کا ایک حصہ خیال کرتا ہوں۔ دفتری امور میں ہر بات پر سرٹیفکیٹ اور بیان حلفی مانگا جاتا ہے اگر ہم سچ اور جھوٹ کے چکر میں پڑے رہیں تو دفتری امور تو ایک طرف تنخواہ، اوور ٹائم، اور ٹی اے ڈی اے کچھ بھی وصول نہ ہو مثلاً مجھے تین سو روپے ماہوار سواری الاؤنس یہ سرٹیفکیٹ دینے پر ملتا ہے کہ میں نے سرکاری فرائض کی انجام دہی کے لئے کم از کم تین سو میل سفر کیا ہے اگر میں نے یہ سفر دو سو ننانوے میل کیا ہو اور سچ بولتے ہوئے اس کا اندراج بھی اسی طرح کر دوں تو مجھے ایک پیسہ تک نہیں مل سکتا۔ اب کون اتنا احمق ہو گا جو اتنا بے ضرر سا جھوٹ نہ بول کر مہنگائی کے اس زمانے میں پورے تین سو روپے کا نقصان کر بیٹھے۔ سچی بات یہ ہے کہ غیر فطری قوانین اور ضابطے بنا کر بد دیانتوں اور مجرموں کی ایک پوری نسل پیدا کی جا سکتی ہے۔ آپ بے شک مستطیل یا مربع کے اضلاع پر سڑکیں اور فٹ پاتھ بنوا دیں مگر جیومیٹری اور ریاضی سے نابلد شخص بھی وتر کے مقام پر شارٹ کٹ خود تلاش کر لیتا ہے۔

میں نے کاشی کے کیرئیر کے بارے میں بھی سوچا ہے اگرچہ میرا جی یہی چاہتا ہے کہ اسے ایسی تعلیم دلاؤں اور اس کے لئے ایسے مضامین کا انتخاب کروں جو اسے بہتر انسان بننے میں مدد دیں مگر میں نے اپنے مشاہدات کی روشنی میں فیصلہ کیا ہے

کہ میں اسے ایسی تعلیم دلاؤں گا کہ وہ کچھ اور بنے یا نہ بنے معاشی اور اقتصادی طور پر بہر حال آسودہ حال انسان ہو۔

کاشی کی وجہ سے گھر کا ماحول ہی نہیں بدلا، میرا مزاج اور بہت سی عادتیں بھی تبدیل ہو گئی ہیں میں رات کو اکثر دیر سے گھر آنے کا عادی تھا مگر اب زیادہ تر وقت گھر پر گزارتا ہوں گھر کے دوسرے افراد کی طرح میری یہی کوشش ہوتی ہے کہ کاشی کو خوش رکھا جائے اور اس کے سامنے چیخ یا چلا کر بات نہ کی جائے۔ گالی نہ بکی جائے۔ الزام تراشیاں نہ کی جائیں، جھوٹ نہ بولا جائے۔ بات بے بات سرزنش کر کے اس کی انا اور تشخص کو مجروح نہ کیا جائے اور اس پر بلاوجہ پابندیاں لگا کر اس کے دل میں نفرت کا بیج نہ بویا جائے۔۔ مگر اس کے ساتھ ساتھ کاشی نے میری ہمت اور حوصلے کو پست کر دیا ہے۔ اس سے پہلے اگر میرا نااہل اور بد مزاج باس بلاوجہ مجھ پر بگڑتا یا میرے ساتھ ناانصافی کرتا تھا تو میں اس کے منہ پر فائل مار دینے کا حوصلہ رکھتا تھا مگر اب بہت کچھ سن اور سہہ لیتا ہوں۔ پہلے اگر میں جابر سلطان کے سامنے کلمہ حق کہنے کو جہاد سمجھتا تھا تو اب خاموش رہنے کو جہاد سمجھتا ہوں۔ میں نے مصالحت اور مصلحت پسندی کو اپنا شعار بنا لیا ہے اور اپنے بہت سے نظریات میں لچک پیدا کر لی ہے اور یہ سب کچھ میں نے کاشی کی وجہ سے کیا ہے۔ میرا خیال ہے میں اس کے لئے بڑی سے بڑی قربانی دے سکتا ہوں۔ اگر اس کے گلے پر چھری رکھ کر مجھے کسی ناکردہ گناہ کا اعتراف کرنے پر مجبور کیا جائے تو میں اس کے گلے پر چھری نہیں چلنے دوں گا۔

کبھی کبھی میں سوچتا ہوں کہ وہ لوگ کتنے عظیم اور غیر معمولی انسان تھے جو

اپنے بیٹوں کو حق کی راہ میں قربان کر دینے کا جذبہ اور حوصلہ رکھتے تھے۔ میں نے خود سے کئی بار سوال کیا ہے کہ کیا میں ایسا کر سکتا ہوں مگر مجھے بڑے سے بڑے آدرش کے لئے بھی اپنی طرف سے خاموشی کے سوا کوئی جواب نہیں ملا۔ ایسا لگتا ہے جیسے کاشی سے بڑھ کر میرا کوئی آدرش نہیں ہے۔ مجھے اپنی اس خود غرضی اور بزدلی پر ندامت ہے۔ مجھے اپنے جرم کا احساس ہے لیکن میں جانتا ہوں کہ میں اکیلا نہیں، اپنے اپنے کاشی سے محبت کرنے والے بہت سے اور لوگ بھی اسی جرم کا ارتکاب کر رہے ہیں اور اسی کی سزا پا رہے ہیں۔

***

۳

کالک

کچھ عرصہ ہوا میں نیک ہیں پڑھا کہ جس طرح ہنسنا اور مسکرانا صحت کے لئے مفید ہوتا ہے اسی طرح کبھی کبھی رولینا بھی دل ودماغ اور روح کی صحت کے لئے ضروری ہے خواہ اپنے کسی جسمانی، روحانی یا ذاتی دکھ پر رویا جائے یا کوئی ناول پڑھتے، فلم دیکھتے یا کوئی جگ بیتی سنتے ہوئے بہر حال دل ہی دل میں کڑھتے اور سلگتے رہنے کی بجائے دل کی کیتلی کا ڈھکنا اٹھا دینا کہیں بہتر ہے۔ یہ بات مجھے پسند آئی اور میں نے پہلی بار غور کیا کہ میری بہت سے پریشانیاں اور ان میں آئے دن کا اضافہ محض اس لئے ہے کہ میری روح پر تال پڑا ہوا ہے۔ میں نے حساب لگایا تو معلوم ہوا کہ مجھے روئے ہوئے زیادہ نہیں تو بارہ تیرہ برس برس ضرور ہو گئے ہوں گے۔ آخری بار میں کب رویا تھا مجھے اچھی طرح یاد نہ،ن مگر میرا خیال ہے کہ اس وقت میں ابھی شہر میں نہیں آیا تھا۔ گاؤں کی کسی لڑکی کا بیاہ تھاہاں مجھے یاد آ گیا فتح دین تیلی کی بیٹی کی ڈولی نکلی تھی اور بینڈ باجے والوں نے بابل سے بچھڑنے سے متعلق کسی گیت کی دھن بجائی تھی اور مجھے ایسا لگا تھا جیسے وہ فتح دین تیلی کی بیٹی نہیں میری سگی بہن ہے اس کے بعد میں شہر چلا آیا یہاں ایسے گیتوں کا سیلاب آتا تھا اس

قسم کے کتنے ہی گیت میں پاؤں تلے روندنے لگا کبھی کسی گیت کو سن کر میرا جی نہ بھر آیا اور بھرتا کیسے قدم قدم پر طرح طرح کے گیت سنائی دیتے تھے جگہ جگہ ریڈیو چیختے تھے۔ اب اگر آدمی ہر گیت پر رونے لگے تو آٹھوں پہر روتا چیختا ہی رہے مگر ایک بات ضرور ہے رونے سے دل ہلکا ہو جاتا تھا۔ ہڈیاں بھی نہیں کھرتی تھیں مگر افسوس مجھے آہستہ آہستہ رونے کا ڈھنگ بالکل بھول گیا۔

پچھلے بارہ تیرہ برسوں میں میں نے کتنے ہی نشیب و فراز دیکھے ہیں کتنے ہی دل چیرنے اور تڑپانے والے مناظر آنکھوں کے سامنے آئے ہیں جنہیں دیکھ کر دل کو کچھ ہوتا بھی رہا ہے۔ مگر آنکھ سے آنسو کبھی نہیں ٹپکا۔ یہاں تک کہ ایک دفعہ میری سگی خالہ فوت ہو گئیں مجھے معلوم تھا کہ خاندان کے لوگ مجھ سے رونے کی توقع رکھتے ہوں گے اسی لئے میں نے کوشش بھی کی مگر کامیاب نہ ہو سکا۔ میں نے دوسروں کو خالہ کی میت پر بین کرتے اور پچھاڑیں کھاتے دیکھ کر عبرت حاصل کرنے اور خالہ کو اپنی سگی ماں فرض کر کے کود پر رقت طاری کرنے کی بہت کوشش کی مگر ایک بھی آنسو میری آنکھ سے نہ ٹپکا۔ اس کا یہ مطلب نہیں کہ میرے اندر لطیف جذبات کا بے حد صدمہ تھا اور میرے اندر آگ سی بھی سلگ رہی تھی مگر اس کا دھواں آنکھ کے راستے باہر جانے کی بجائے میری روح سے چمٹ گیا تھا۔

اس کا یہ مطلب بھی نہیں کہ پچھلے بارہ تیرہ برسوں میں مجھے مصائب و آلام کے مراحل کبھی پیش نہیں آئے یا کسی جذباتی جسمانی دکھ سے دوچار نہیں ہوا۔ میں ایک عام آدمی ہوں جسے مشکلات، بیماریاں، پریشانیاں، حق تلفیاں، معاشی بدحالیاں اور دل اور خون کے رشتوں کی جذباتی بے قراریاں قدم قدم پر ٹھوکروں کی طرح

ملتی ہیں، میں آہوں، آنسوؤں، سسکیوں، چیخوں، دکھوں اور موت کی ہولناکیوں سے بھرپور فلمیں دیکھتا رہا ہوں اور ٹریجک کہانیاں بھی پڑھتا رہا ہوں مگر شاید زندگی کے ٹیڑھے میڑھے راستوں میں ٹھوکروں کی اس قدر ارزانی ہے کہ آدمی ان کا عادی ہو جاتا ہے بلکہ ہر قدم پر نئی ٹھوکر کے لئے ذہنی طور پر تیار رہتا ہے۔

ویسے میں سمجھتا ہوں جب میں رو لیتا تھا اور میری ہڈیاں نہیں کھرتی تھیں۔ اس وقت میرا دل ایک بہتا ہوا دریا تھا گندا جوہڑ نہیں تھا۔ جذبات و محسوسات کی مچھلیوں کا دم نہیں گھٹتا تھا۔ اور وہ بدبو نہیں پھیلاتی تھیں، تڑپتی مچلتی اور تیرتی ہوئی سیدھی نکل جاتی تھیں۔ مگر اب میرے اندر کے جوہڑ میں نہ جانے کیا کیا کچھ گل سڑ چکا ہے کہ بعض اوقات مجھے خوشبو اور خوشبو اور بدبو میں تمیز کرنا مشکل ہو جاتا ہے۔

جب میں رو لیتا تھا میری سوچیں سیدھی سادی نرمل اور پاک صاف تھیں دوسروں کے بارے میں اچھی اچھی اور میٹھی میٹھی باتیں سوچتا تھا۔ ہر بات دل سے اٹھتی تھی۔ اور سچ ہوتی تھی، شاید اسی لئے سیدھی دل میں اتر جاتی تھی۔ میں نے جس لڑکی سے پہلے پہل اظہار محبت کیا تھا مجھے اس سے سچ مچ محبت تھی میں اسے جو کچھ کہتا تھا سب سچ ہوتا تھا مجھے اس کی آنکھیں اچھی لگتی تھیں۔ اور میں صرف اس کی آنکھوں کی تعریف کرتا اور انہی کر بارے میں سوچتا تھا۔ مگر اب کسی شاعر لڑکی کا جسم اچھا لگے تو اس کی غزل کے مجموعی تاثر کی تعریف کرتا ہوں اور افسانہ نگار خاتون اچھی لگیں تو بات افسانے کے عنوان کی تعریف سے شروع ہوتی ہے۔ میرا خیال ہے کہ یہ سب کچھ محض اس لئے ہے کہ مجھے روئے ہوئے بارہ تیرہ برس ہو گئے ہیں اور میرے اندر معصومیت اور سادگی کا قحط پڑ گیا ہے۔ ورنہ میں پہلے کبھی ایسا

نہ تھا میرا اندر بے حد اجلا اور سفید تھا مجھے اچھی طرح یاد ہے جب میرے اندر کی دیواریں کالک سے نا آشنا تھیں، میں ایک ایسے لڑکے کے لئے دھاڑیں مار مار کر رویا تھا جس نے بس کے نیچے آ کر کچلے جانے سے دو ایک روز پہلے مجھے ربڑ کی ایک گیند کی وجہ سے تختی سے پیٹا تھا مگر پھر بھی میں اس کے مرنے پر بہت رویا تھا اور مجھے یوں لگتا تھا جیسے وہ میری بد دعا سے مر گیا ہو میں اس کی قبر پر نئی گیند خرید کر لے گیا تھا اور ہچکیاں لے لے کر کہا تھا۔ "گلو یار تم تو سچ مچ روٹھ گئے یہ لو نئی گیند اور واپس آ جاؤ خدا کی قسم اب کبھی تمہیں بد دعا نہیں دوں گا۔"

ویسے ہی تو اب کبھی کسی دوست یا دشمن کی موت مجھے اداس کر دیتی ہے (ہاں ابھی کر دیتی ہے) میں آہیں بھی بھرتا ہوں ہمدردی بھی محسوس کرتا ہوں اور مرنے والے کے لواحقین پر ترس بھی آتا ہے۔ لیکن آنکھ میں آنسو نہیں آتا۔ اور اس نہ رو سکنے کی وجہ سے آہستہ آہستہ میرے اندر کے جوہڑ میں مری ہوئی مچھلیوں کی بو اور زیادہ پھیلتی جا رہی ہے اور میں محسوس کرتا ہوں کہ میری کوکھ میں کوئی مکروہ سی چیز لے رہی ہے اس لئے میں رونا چاہتا ہوں تاکہ اس مکروہ چیز کا پیدا ہوتے ہی گلا دبا دوں۔

اپنی کوکھ میں کسی مکروہ چیز کے بارے میں مجھے اس وقت پتہ چلا جب پڑوسی کا مسروقہ ریڈیو چھ ماہ بعد اچانک مل گیا پولیس نے یہ ریڈیو کسی عادی چور سے برآمد کیا تھا مجھے اپنے پڑوسی کا ریڈیو مل جانے کی خوشی مجھے نہ جانے کیوں پھیکی پھیکی اور بدمزہ سی معلوم ہوئی میں نے اپنے پڑوسی کو مبارک باد بھی دی اور وہ میرے گہرے خلوص و ہمدردی کے جذبات سے متاثر بھی ہوا مگر کوئی انجانی بیزاری میرے وجود

کے چاروں طرف مکھی کی طرح بھنبھناتی رہی جب میں نے اس بیزاری اور بدمزگی کا تجزیہ کیا تو مجھے یقین نہ آیا کہ میں اس قدر کمینہ بھی ہو سکتا ہوں اور یہ سب کچھ اس لئے ہے کہ ریڈیو گم ہو جانے کے بعد پڑوسی نے ریڈیو کا ایریل مجھے دے دیا تھا۔

اس سے بڑھ کر کمیں گی کا ثبوت میں نے اس وقت دیا جب نور علی کا جنازہ پڑھا جا رہا تھا۔ نور علی کے چھوٹے چھوٹے بچے تھے جوان بیوی اور بوڑھے والدین تھے۔ وہ میرا ساتھی اور دوست بھی تھا میرے ساتھ اس کے تعلقات اور مراسم بھی اچھے تھے ہم اکٹھے شطرنج کھیلتے اور سیر کو جاتے تھے۔ دفتر میں ایک دوسرے کا ہاتھ بٹاتے تھے اس کی موت دماغ کی رگ پھٹ جانے سے اچانک ہو گئی تھی۔ میں اس کا قریبی دوست تھا اس لئے سب سے پہلے مجھے اطلاع دی گئی مجھے اس کی موت کا بے حد صدمہ ہوا۔ اس کے بچوں کی چیخیں میرا دل چیر گئیں۔ اس کی بیوہ کے بین میرا کلیجہ چھلنی کر گیا اور اس کے بوڑھے والدین کی دھاڑیں سن کر میرا جسم لرزنے لگا مگر مجھے رونا نہ آیا۔ رونے کی فرصت بھی نہیں تھی۔ میں بھاگ دوڑ کر رہا تھا۔ دفتر کے دوسرے لوگوں کو اطلاع دی، قبر کھودنے، نہلانے اور جنازہ پڑھنے کا انتظام کیا، اس کے رشتہ داروں کو ٹیلی فون کئے، تار دیئے، اس کے بال بچوں کو تشفی دی آنے جانے والوں کے لئے اٹھنے بیٹھنے کا انتظام کیا۔ جب جنازہ گھر سے روانہ ہوا۔ بڑا تڑپانے اور رلانے والا منظر تھا۔ مجھے رونے کی فرصت بھی تھی۔ اس سے بہت اور موقع کیا ہو سکتا تھا کاش میری آنکھوں میں ایک آدھ آنسو ہی آ جاتا مگر کیسے آتا میری روح پر تو تالا پڑا تھا۔ میرے اندر کی دیواروں کی سفید کالک سے سیاہ ہو چکی تھی گندے جوہڑ میں مردہ مچھلیوں کا ڈھیر لگ چکا تھا اور چاروں طرف بدبو پھیل چکی

تھی۔

جب نور علی کا جنازہ پڑھا جا رہا تھا تکبیر کے لئے ہاتھ اٹھاتے ہوئے اچانک خوشبو کی لہر کی طرح ایک خوشگوار خیال میرے اور نور علی کی میت کے درمیان آکر کھڑا ہو گیا کہ نور علی کے مرنے سے اب سنیارٹی لسٹ میں میرا چوتھے سے تیسرا نمبر ہو جائے گا۔ اور اس طرح شاید اب مجھے تین سالوں کی بجائے دو سالوں میں ترقی مل جائے۔

حیرت کی بات یہ ہے کہ میں اس سے پہلے دیانت داری کے سہ ماہی، ششماہی اور سالانہ امتحان پاس کر چکا ہوں۔ ایک مرتبہ دکاندار سے پانچ روپے کا سودا سلف خرید کر میں نے اسے دس روپے کا نوٹ دیا تو اس نے پچانوے روپے واپس کئے لیکن میں نے صاف دلی سے نوے روپے لوٹا دیئے۔

ایک بار مجھے بغیر کسی خطرے اور اندیشے کے راتوں رات امیر ہو جانے کا موقع ملا لیکن نہ جانے کہاں سے میرے پیٹ میں قوم کا درد اٹھنے لگا اور یوں میں آزمائش پل صراط سے صحیح سالم گزر گیا۔

میرا خیال ہے میں برا آدمی نہیں ہوں۔ صرف نہ رونے کی وجہ سے میرا دل روز بروز مٹھی کی طرح بھنچتا جا رہا ہے یا پھر باہر اس قدر سردی ہے کہ دن بدن میں اپنی کھال کے اندر سکڑتا جا رہا ہوں۔ ورنہ مجھے اپنے اکلوتے انعامی بانڈ پر انعام نہ نکلنے کی خوشی نہ ہوتی۔ جو خوشی مجھے صرف اس لئے ہوئی کہ میرے ماموں زاد بھائی کے انعام بھی نہیں نکلا تھا جس کے پاس ان گنت بانڈز تھے۔

یوں لگتا ہے جیسے میرے ہر زخم پر لہو کی پہلی بوند کھرنڈ بن جاتی ہے۔ غلیظ خون

بہہ نہ سکے تو بدبو پیدا ہو جاتی ہے مگر نہیں۔۔۔!

خون بہتا رہے خواہ وہ گندا اور غلیظ ہی کیوں نہ ہو تو جسم کی ساری تپش اور حرارت ختم ہو جاتی ہے۔ جیسے ماں کے مرنے کے بعد غلام محمد کا جسم سن ہو گیا ہے، روح یخ بستہ ہو گئی ہے۔ اور وہ برف کے تودے کی طرح کھکھلاتا نظر آتا ہے۔

اس کی ماں بوڑھی اور ضعیف تھی۔ اکیلی دوسرے شہر میں رہتی تھی وہ اسے اپنے پاس نہیں رکھ سکتا تھا۔ کیونکہ اس کی بیوی اور اس کی ماں میں ساس بہو کا رشتہ تھا ساس اور بہو کا بیر ہماری قدیم روایت ہے۔

روایتوں کے کپڑے خواہ وہ تار تار ہو جائیں یا ساری دنیا انہیں پہن کر اتار چکی ہو ہم ان کا پیچھا نہیں چھوڑتے۔ غلام محمد کی ماں اس کے پاس آکر اور زیادہ بیمار ہو جاتی تھی۔ اس لئے وہ بیماری اور ضعیفی کے باوجود علیحدہ رہنے کو بہتر سمجھتی تھی۔ غلام محمد اس کی بیمار پرسی اور خبر گیری کے لئے اکثر جانا پڑتا تھا۔ بار بار دفتر سے چھٹی لینی پڑتی تھی۔ دوائیوں اور کرایوں پر تنخواہ کا ایک بڑا حصہ اٹھ جاتا تھا پھر بھی وہ ایک فرمانبردار اور ہونہار بیٹے کی طرح ماں کی خدمت کر رہا تھا۔ مگر پھر ماں اس دنیا سے (جہاں ڈاکٹروں کی فیسیں بھاری ہیں جہاں ہسپتالوں میں سفارش سے داخلہ ملتا ہے اور جہان دوائیوں کے اخراجات سے مر جانا کہیں زیادہ سہل اور سستا ہوتا ہے)ہمیشہ کے لئے رخصت ہو گئی۔ غلام محمد دھاڑیں مار مار کر رویا۔ اس قدر رویا کہ اس کا اندر خالی ہو گیا، لہو نچڑ گیا اور جسم سرد ہو گیا۔ جب وہ ماں کو کفنانے اور دفنانے کے بعد لوٹا تو میں۔۔۔جو کھرنڈ کھرچ کھرچ کر عاجز آگیا تھا۔ اس کے پاس اظہار افسوس کے لئے گیا اور مجھے یہ دیکھ کر بڑی حیرت ہوئی کہ غلام محمد کا دل رو رو کر بالکل بنجر ہو

گیا ہے اور اس کی کوکھ بھی خالی ہے، یا شاید اپنے اندر کی کالک کی وجہ سے مجھے ہر چیز سیاہ اور مٹیالی نظر آتی ہے۔ غلام محمد ماں کے ہمیشہ کے لئے بچھڑ جانے کی اندوہناک باتیں لہک لہک کر کر رہا تھا۔ اس کے الفاظ پر زور تھے مگر لہجے میں برف کی سی ٹھنڈک تھی یا شاید مردہ مچھلیوں کی بو کی وجہ سے میں خوشبو اور بدبو میں تمیز نہیں کر سکتا کیوں کہ مجھے روئے ہوئے کم از کم بارہ تیرہ برس ہو گئے ہیں۔

***

۴

آدم بو

جب سے ساتھ والے گاؤں میں نوجوان مولوی منظور درس گاہ سے فارغ التحصیل ہو کر آیا ہوا ہے مولوی اللہ رکھا کی راتوں کی نیند اڑ گئی ہے۔

اور اگرچہ ان کے شاگرد، نائب اور خدام ان کی ہمت بڑھاتے اور اس کل کے چھوکرے کام کو ٹھپ دینے کی یقین دہانیاں کراتے رہتے ہیں لیکن انہیں اپنا ستارہ گردش میں نظر آتا ہے اور اگرچہ مولوی منظور نے ابھی تک ان کے خلاف زبان نہیں کھولی مگر انہیں یقین ہے کہ وہ اس کے لئے زمین ہموار کر رہا ہے اور مناسب موقع پا کر ضرور ان سے اپنے باپ کا بدلہ لے گا جس کے خلاف انہوں نے فتویٰ دیا اور اسے بڑی مسجد سے بے دخل کرایا تھا۔ ویسے بھی نوجوان مولوی جس قسم کے خیالات کا پرچار کر رہا ہے اور جس طرح عام لوگوں اور کمی کاریوں میں مقبول ہوتا جا رہا ہے وہ ان کے لئے کسی بڑے خطرے کی علامت ہے۔ انہیں اپنے برسوں کے تجربے اور سرکردہ لوگوں سے گہرے تعلقات کی وجہ سے اعتماد ضرور ہے لیکن اس کے ساتھ ہی انہیں یہ سوچ کر ہول آتا ہے کہ پتہ نہیں نوجوان مولوی درسگاہ سے کیا کیا نئی باتیں سیکھ کر اور کس سانچے میں ڈھل کر آگیا ہو اور اسے جو علم کا جن چمٹا

ہوا ہے وہ کب تک چمٹا رہے اور شنید ہے کہ اب تو اس نے اپنے وعظ میں تاریخ، جغرافیے اور کتی سائنس کی باتیں شامل کرنا بھی شروع کر دی ہیں۔

مولوی اللہ رکھا کے احباب اور خیر خواہوں کا خیال ہے کہ یہ سب کچھ وقتی اور ہنگامی ہے۔ جونہی نوجوان مولوی کے پاؤں زمین پکڑیں گے وہ اپنے آپ میں آ جائے گا۔ مگر مولوی اللہ رکھا کی تشفی نہیں ہوتی انہیں ایسا لگتا ہے کہ وہ خود ایک بار پھر سے پیدا ہو کر اپنے مقابلے پر آ نکلے ہیں اور سب کچھ تہ و بالا کر کے رکھ دیں گے۔

برسوں پہلے کی بات ہے۔

مولوی احمد دین کا پہلی بیوی سے ایک ہی لڑکا تھا۔ سوتیلی ماں کی گالیوں اور بدسلوکیوں سے عاجز آ کر وہ قصے کہانیوں میں پناہ لیتا لیکن پھر یہی قصے اور کہانیاں اس کے لئے عذاب الیم بن گئیں۔

گاؤں میں داخل ہونے یا باہر جانے کے لئے ایک ہی بڑا راستہ تھا اس راستے پر ایک بدصورت دیو ہر وقت بیٹھا آدم بو، آدم بو پکارتا رہتا تھا۔ لوگ اسے بڑا ملک کہتے تھے۔ وہ سچ مچ بہت بڑا تھا۔ اس کے سامنے جا کر ہاتھی سکڑ کر چوہے اور چوہے پدی بن جاتے تھے۔ دو تہائی گاؤں کا مالک اور لمبے چوڑے خاندان کا سربراہ۔ دیکھنے میں بھی ہیبت ناک۔ باسی گوشت کا پہاڑ۔۔۔ اس کی آواز اس کی شکل و صورت کی طرح مکروہ اور خوفناک تھی۔ اس کا جب اور جسے جی چاہتا بلوا لیتا۔ غریب کسان، کمی کاری اور ان کے بچے اکثر بیگار میں پکڑے رہتے۔ کسی میں انکار کی جرأت نہیں تھی۔ انکار کی صورت میں وہ نہایت فحش گالیاں دیتا اور جوتے مار مار کر شکل بگاڑ دیتا

تھا۔

چوریوں، ڈاکوں، رسہ گیریوں، قتلوں اور مقدموں سے فراغت پا کر اب وہ سارا دن ڈیرے میں بیٹھا حقہ گڑگڑاتا اور کمی کاریوں سے پاؤں دبواتا، مالش کراتا، چلمیں بھرواتا اور پنکھا جھلواتا رہتا تھا۔ اللہ رکھا کے ذمے اس کی تفریح طبع کا کام تھا۔ پتہ نہیں اس کی سمجھ میں کچھ آتا تھا یا نہیں مگر وہ اکثر اس سے سوہنا وزینی کا قصہ سنتا تھا۔ اسے دوسرا کوئی قصہ یا کتاب پسند نہیں تھی اور سوہنا وزینی کا قصہ اس نے اسے اتنی بار سنایا تھا کہ اسے خود زبانی یاد ہو گیا تھا۔ مگر بڑا ملک ہر دفعہ اتنی دلچسپی سے سنتا تھا جیسے زندگی میں پہلی بار سن رہا ہو۔۔۔ وہ یہ قصہ سنا سنا کر تنگ آگیا تھا اور انکار نہ کرسکنے کی اذیت میں مبتلا رہنے لگا تھا۔ وہ بدبو جو اسے بڑے ملک کے جسم سے آتی تھی اب کتاب کے اوراق اور لفظوں سے بھی آنے لگی۔ قصہ پڑھتے پڑھتے اس کا دماغ بدبو سے بھر جاتا اور اسے متلی آجاتی، وہ منہ پر ہاتھ رکھ کر ایک طرف کو بھاگ جاتا، پھر فراغت پا کر دوڑتا ہوا آتا اور ایک کل کی طرح دوبارہ قصہ پڑھنے لگتا۔

کئی بار اس نے انکار کر دینا چاہا مگر بڑے ملک کا پیغام ملتے ہی وہ اپنے یا بڑے ملک کے مر جانے کی دعائیں مانگتا ہوا بھاگم بھاگ اس کے ڈیرے پر پہنچ جاتا اور اس وقت تک گلا پھاڑ پھاڑ کر قصہ گاتا رہتا جب تک کہ بڑا ملک خود ہی جمائیوں کے کئی گڑھے پھاند کر نیند کے کسی اندھے کنوئیں میں نہ گر جاتا۔

اس نے کئی بار اپنے باپ مولوی احمد دین سے اپنی تکلیف اور خوف کا اظہار کیا لیکن وہ بھی بے بس تھا۔ اس نے کئی بار سوچا بڑے ملک کو قتل کر کے پھانسی لگ

جائے مگر بڑے ملک کے سامنے جا کر اس کی گھگھی بندھ جاتی۔

پھر ایک روز وہ سوتیلی ماں کی بدسلوکیوں اور بڑے ملک کے جسم سے اٹھنے والی سڑاند سے تنگ آکر گھر سے بھاگ گیا اور سینکڑوں میل دور ایک دینی مدرسے کے درویش طالب علموں کی صف میں شامل ہو گیا۔

چند سال دینی، اخلاقی اور روحانی تعلیم حاصل کرنے اور درویشانہ زندگی گزارنے کی تربیت حاصل کر کے جب وہ درسگاہ سے نکلا تو اس کے سامنے زندگی کا بے حد وسیع میدان تھا۔ وہ ایک عالم باعمل تھا اور اس کا سینہ محبت، علم اور غمگساری کے جذبات سے لبریز تھا۔۔۔ وہ گاؤں آیا تو بڑا ملک اپنے ڈیرے میں تخت پوش پر موجود نہیں تھا۔ اس نے صدق دل سے اس کے لیے مغفرت کی دعا کی لیکن وہ گاؤں میں مستقل قیام نہ کر سکا اور دوبارہ عازم سفر ہوا۔ وہ بہت کچھ کرنا چاہتا تھا مگر گاؤں کے ان لوگوں کے درمیان، جن کے سامنے وہ بچپن میں ننگا پھرتا رہا تھا اور ان دوستوں اور ہم عمروں میں جن کے ساتھ تالابوں میں نہاتا، کبڈی کھیلتا، بیر توڑتا اور سوتیلی ماں سے مار کھاتا رہا تھا اسے اپنی خود کو منوانے اور اپنا مدعا بیان کرنے میں مشکل پیش آسکتی تھی اور وہ صرف اپنا مدعا بیان نہیں کرنا چاہتا تھا وہ بہت کچھ بدل دینا، بہت کچھ تہہ وبالا کر دینا چاہتا تھا۔

مولوی اللہ رکھا نے اس نئے گاؤں میں آکر واقعی بہت کچھ بدل ڈالا تھا۔ ان سے پہلے گاؤں کے نیم خواندہ امام مسجد نماز پڑھانے، بچے کے کان میں اذان دینے، بھیڑ بکری ذبح کرنے اور جنازہ پڑھانے کا معاوضہ لیتے تھے ہر فصل کے موقع پر دوسرے کمی کاریوں کی طرح بوہل میں ان کا بھی حصہ ہوتا۔ عید بقر عید پر وہ مسجد

میں کپڑا بچھا دیتے اور عید کی نماز پڑھانے کے عوض لوگوں سے غلہ اور نقدی وصول کرتے۔ نماز پڑھا کر وہ قربانی کے جانوروں کو ذبح کرتے اور پھر چھوٹی اور بڑی کھالوں کے بیوپار میں الجھے رہتے۔ ان کا حکم تھا کہ انڈہ کھانے کے لئے اس پر بھی تکبیر پڑنا ضروری ہے کیونکہ اس میں بھی جان ہوتی ہے لوگ انہیں تین انڈوں پر تکبیر پڑھانے پر ایک انڈہ بطور معاوضہ دیتے کیونکہ صحیح طریقے سے تکبیر تو وہی پڑھ سکتے تھے۔ مگر مولوی اللہ رکھا نے یہاں آکر ان سب قبیح رسموں اور روایتوں کو جڑ سے اکھاڑ پھینکا۔ پرانے مولوی صاحب لاکھ چیختے چلاتے رہے اور طرح طرح کے الزامات لگاتے اور کہتے رہے کہ وہ خلاف شرع باتیں بتاتا ہے مگر لوگ شریعت کی ان باتوں کو جلدی اور آسانی سے سمجھ لیتے ہیں جن میں ان کا فائدہ ہو چنانچہ مولوی اللہ رکھا کی کامیابی کی پتنگ اونچی اور اونچی اڑنے لگی اور چھوٹی اور بڑی مسجدوں کے جدی پشتی امام صاحبان گاؤں سے ہجرت کر کے گئے یا انہوں نے اپنا آبائی کام چھوڑ کر کوئی دوسرا کام دھندہ شروع کر دیا۔

مولوی اللہ رکھا نذر نیاز نہیں لیتے تھے۔ بڑے درویش صفت انسان تھے۔ مفت خوری سے سخت پرہیز کرتے اور خود محنت کر کے اپنا پیٹ بھرتے تھے۔ وہ دن بھر اینٹیں ڈھوتے، لائیاں کرتے، مویشی چراتے، بان کی رسیاں اور چارپائیاں بنتے۔۔۔ اور بغیر کسی فیس یا معاوضے کے بچوں کو قرآن پاک کی تعلیم دیتے۔ لوگ ختم پڑھوانے کے لئے حلوے، کھیریں، سیویاں اور پراٹھے لاتے وہ ان کی دل شکنی کے ڈر سے ختم پڑھ دیتے مگر کسی چیز کو ہاتھ نہ لگاتے، لوٹا دیتے یا کسی غریب یا بیوہ کے ہاں بھجوا دیتے۔ وہ مسجد کے حجرے میں رہتے تھے۔ خود مسجد میں جھاڑو دیتے،

صفائی کراتے، چراغ جلاتے، نمازیوں کے وضو کے لئے حوض میں پانی بھرتے اور نماز کا وقت ہو جاتا تو اذان دیتے۔ لوگ ان کی بے حد عزت کرتے اور ان سے محبت بھی۔ مگر جب وہ منبر پر کھڑے ہوتے تو ان کی آواز سے آس پاس کے گھروں کی دیواریں لرزنے لگتیں۔ گنہگاروں اور دوسروں کا حق مارنے والوں کے دلوں پر ہیبت طاری ہو جاتی۔ خدا کے سوا وہ کسی سے نہیں ڈرتے تھے اور حق بات ڈنکے کی چوٹ پر کہتے تھے۔

پھر انہوں نے کچھ عرصہ بعد ایک ایسی غریب بیوہ سے نکاح کر لیا جس کو اولاد نہ ہونے کی وجہ سے طلاق ہو گئی تھی۔ مولوی صاحب سے نکاح کے بعد بی بی جی کے سوئے ہوئے نصیب جاگ اٹھے اور چند ہی برس میں گھر بچوں سے بھر گیا۔

مولوی صاحب ہمیشہ سے روکھی سوکھی کھا کر وقت گزارتے آئے تھے۔ بی بی جی نے بھی ان کا بہت عرصہ تک ساتھ دیا اور عسرت اور فاقوں کی زندگی گزارنے پر بھی خدا کا شکر ادا کرتی رہیں مگر پھر بچوں کی وجہ سے مولوی صاحب سے چوری چھپے کھانے پینے کی کوئی چیز قبول کر لیتیں۔ مولوی صاحب کو پتہ چلا تو شروع شروع میں بہت خفا ہوئے مگر پھر یہ سوچ کہ بچوں کو فاقوں مارنا اور اچھی چیزوں کے لئے ہمیشہ ترساتے رہنا مناسب نہیں، خاموش ہو گئے

پھر ایک بار ذیلدار کا چالیسواں تھا اس کے متمول بیٹوں نے اسے بڑا کیا یعنی چالیسویں کا غیر معمولی اہتمام کیا۔ پوری برادری کو کھانے کی دعوت دی اور ختم کے موقع پر مولوی صاحب کے سارے کنبے کے کپڑے اور دنیا جہان کی نعمتیں، پھل اور میوے حاضر کئے۔ مولوی صاحب پریشان ہو گئے۔ ختم پڑھتے ہوئے ان کی

آنکھوں کے سامنے اپنے بچوں کے پھٹے پرانے کپڑے اور ترسی ہوئی صورتیں گھوم گئیں۔ انہوں نے گلوگیر آواز میں کہا۔

"میں کسی چیز کو ہاتھ نہیں لگاؤں گا۔۔۔ کسی کمی کے ہاتھ سب چیزیں ہمارے گھر پہنچا دی جائیں۔"

اور جس طرح شیر عام طور پر آدمی پر حملہ نہیں کرتا مگر جب ایک بار اس کے منہ کو انسانی خون لگ جائے تو آدم خور ہو جاتا ہے، مولوی اللہ رکھا کے منہ کو بھی جب مفت کا حلوہ مانڈا ایک بار لگ گیا تو پھر لگتا ہی چلا گیا۔ اور آہستہ آہستہ وہ پہلے مولوی صاحب سے بھی دو ہاتھ آگے نکل گئے۔

اور اب اتنے برسوں بعد۔۔۔ مولوی اللہ رکھا کی امامت کا دائرہ اپنی مسجد سے نکل کر آس پاس کے کئی ایک چھوٹے بڑے دیہات کی مسجدوں تک پھیل گیا ہے۔ ان مسجدوں میں ان کے نائب امام آمدنی کے ایک تہائی حصے پر کام کرتے ہیں، وہ خود ہفتے میں ایک دو بار ہر مسجد میں نماز پڑھتے پڑھاتے ہیں۔ انہوں نے نہایت محنت، ہوشیاری اور اپنے زور خطابت کی وجہ سے ایک ایک کر کے ان مسجدوں پر قبضہ کیا ہے اور دیہات کے وڈیروں اور زمینداروں میں اپنے اثرورسوخ اور رموز شریعت سے آگاہی کی بنا پر نیم خواندہ ملاؤں کو بے دخل کیا ہے ان کا شمار علاقے کے اچھے کھاتے پیتے لوگوں میں ہوتا ہے۔ وہ ہر کسی کے کام آتے ہیں۔ وہ ہاڑی ساونی کے کارے پر نہایت تھوڑے منافع پر بڑی بڑی رقمیں قرض دے دیتے ہیں۔ فصل، زمین یا مویشی رہن یا زیور گروی رکھنے کے لئے لوگ انہی کے پاس آتے ہیں کہ وہ نہایت دیانتدار اور قابل اعتماد ہیں۔ کسانوں اور کمی کاریوں نے ہی نہیں بڑے

بڑے زمینداروں نے ان سے منافع پر موٹی موٹی رقمیں لے کر ٹیوب ویل لگوائے اور ٹریکٹر خریدے ہیں۔ مولوی صاحب نے اپنا بہت بڑا اور محل نما پکا مکان بنالیا ہے اور اس میں بجلی لگوالی ہے انہیں کسی سے کچھ مانگنے یا کچھ کہنے کی ضرورت نہیں ہوتی لوگ خود ہی ہر چیز میں سے اللہ کا حصہ نکال کر ان کو پہنچادیتے ہیں۔

وہ بہت اطمینان کی زندگی گزار رہے تھے مگر جب سے نوجوان مولوی منظور درسگاہ سے لوٹا اور قریب والے گاؤں کی ایک مسجد سنبھال بیٹھا ہے ان کی راتوں کی نیند حرام ہوگئی ہے۔ مگر انہیں یہ سوچ کر قدرے اطمینان ہوتا ہے کہ لوگ کئی طرح سے ان کے محتاج ہیں اور پھر مولوی منظور کو ان کی طرح تعویذ گنڈا نہیں آتا بلکہ وہ اسے شرک سمجھتا ہے اور وہ خود محض امام مسجد ہی نہیں آس پاس کے دیہات کے واحد طبیب بھی ہیں اور بعض بااثر لوگوں کے خفیہ نکاحوں اور دوسرے بہت سے اہم رازوں کے امین بھی۔۔۔!

ہر جمعہ کی شام کو وہ مولوی منظور کے گاؤں سے آنے والی رپورٹ کا بے چینی سے انتظار کرتے ہیں ان کا کوئی خادم یا وفادار مولوی منظور کے جمعے کے وعظ میں شریک ہو جاتا ہے اور تمام حالات سے انہیں باخبر رکھتا ہے۔ مولوی منظور کے مقتدیوں کی تعداد دن بدن بڑھتی جارہی ہے اور اب انہیں رمضان شریف کے پہلے جمعے کا انتظار ہے۔ رمضان شریف شروع ہوتے ہی مساجد میں نمازیوں کی تعداد میں ایک دم غیر معمولی اضافہ ہو جاتا ہے اور لوگ پند و نصائح اور وعظ و تلقین کی باتوں پر خصوصی توجہ دینے لگتے ہیں۔ اس پورے علاقے میں دو ہی جگہ جمعے کی نماز کے اجتماعات ہوں گے اور نمازیوں کی تعداد سے ان کے اور مولوی منظور کے

درمیان ایک طرح کا الیکشن ہو جائے گا۔

رمضان کے پہلے جمعے کی شام کو ان کا ایک خادم پریشان حال لوٹتا ہے تو ان کا دل بیٹھ جاتا ہے۔ مولوی منظور کے مقتدیوں کی تعداد کسی طرح ان کے اپنے نمازیوں کی تعداد سے کم نہیں ہے۔۔۔ انہیں اسی بات کا ڈر تھا۔ ان کا رنگ اڑ جاتا ہے اور ہاتھ پاؤں ٹھنڈے ہو جاتے ہیں۔ اس رات تراویح کی نماز پڑھاتے ہوئے انہیں ایک عرصہ بعد لقمہ ملتا ہے اور ابھی وہ لقمہ سے سنبھل نہیں پاتے کہ سجدہ سہو پڑ جاتا ہے۔

رات کو وہ تھکے اور نڈھال سے گھر لوٹتے ہیں اور دالان میں بچھی ہوئی بہت سی چھوٹی بڑی چارپائیوں کے قریب سے گزر کر سیڑھیاں چڑھتے ہوئے چھت پر آتے ہیں۔ بی بی جی ان کی آہٹ سن کر لمحہ بھر کے لئے جاگتی ہیں پھر مچلی ہو کر مصنوعی خراٹے لینے لگتی ہیں۔ وہ اپنے سرہانے تپائی پر رکھا ٹھنڈے میٹھے دودھ کا ارک جتنا گلاس اٹھاتے اور مزے لے لے کر گھونٹ گھونٹ پیتے ہیں۔ لیکن اچانک انہیں ایک جانی پہچانی مگر ناگوار سی بدبو ہر طرف پھیلی ہوئی معلوم ہوتی ہے اور جی متلانے لگتا ہے۔ وہ دودھ کا گلاس تپائی پر رکھ دیتے ہیں اور ادھر ادھر نظریں دوڑاتے ہیں انہیں کچھ دکھائی نہیں دیتا۔ مگر بدبو کے بھبکے لپکتے چلے آتے ہیں۔ اچانک انہیں یاد آتا ہے کہ یہ بدبو ویسی ہی ہے جیسی بڑے ملک کے جسم سے اٹھتی تھی۔ وہ قے روکنے کی بہت کوشش کرتے ہیں مگر وہ نہیں رکتی۔

***

۵

خلا اندر خلا

اس کے سامنے کاغذ کے چھوٹے چھوٹے پرزوں پر بڑی باتیں لکھی پڑی ہیں۔ جونہی شیشے کی دیوار کے اس پار بیٹھا ہوا شخص اشارہ کرتا ہے وہ بولنا شروع کر دیتا ہے۔ مگر آج سے اپنی آواز بدلی بدلی معلوم ہوتی ہے۔ شاید بھی اس کا وہم ہو۔ مگر اگلے ہی لمحے اس کی آواز تبدیل ہو جاتی ہے۔ جیسے اس کے اندر کوئی اور بول رہا ہو۔ وہ چپ ہو جانا چاہتا ہے مگر سامنے بیٹھا ہوا شخص اسے بات جاری رکھنے کا اشارہ کرتا ہے۔ بولتے بولتے اسے لگتا ہے کہ جیسے اس کی آواز مدھم ہونے گی ہے اور آہستہ آہستہ سرگوشی میں تبدیل ہوتی جا رہی ہے۔ وہ معذرت کر کے گلا صاف کرتا اور اپنے اندر سے آواز کا سوت کھینچ نکالنے کے لئے زور لگاتا ہے مگر شاید اس کے اندر آواز کے سوت کا سارا اگچھا ختم ہو گیا ہے۔ اس کی آواز مسلسل ڈوبتی چلی جاتی ہے۔ پھر اچانک اسے لگتا ہے کہ جیسے وہ چپ ہو گیا ہو۔ حالانکہ اس نے ایسی کوئی کوشش نہیں اور نہ کر سکتا ہے۔ اگر کر سکتا تو وہ گھر سے سیدھا یہاں نہ آتا۔ کسی اور طرف کو نکل جاتا۔ کسی بِل رہے ہیں۔ وہ پریشان ہو کر شیشے کی دیوار کے اس پار بیٹھے ہوئے شخص کو معذرت طلب نظروں سے دیکھتا ہے۔ اس کا خیال ہے کہ اس شخص

کے ماتھے پر شکنیں اُبھر آئی ہوں۔ گی وہ سٹپٹا کر کھڑا ہو جائے گا اور ابھی ابھی چند لمحوں میں ہر طرف اُودھم مچ جائے گا۔ مگر یہ دیکھ کر اسے بے حد مسرت ہوتی ہے کہ سامنے والا شخص نہایت پر سکون اور مطمئن ہے۔ بالکل اس کی بیوی کی طرح جو صبح ہی صبح اسے شرمندہ کر کے باورچی خانے میں جا کر روٹیاں پکانے لگی تھی۔ پتہ نہیں آج کیسی صبح طلوع ہوئی تھی کہ ہر چیز کا رنگ بدلا ہوا تھا۔ رنگ بدلا ہوا نہ ہوتا تو صبح ہی صبح اُسے خفت نہ اٹھانا پڑتی۔ اس نے منڈیر پر بیٹھے ہوئے کبوتر کو دیکھ کر یوں ہی کہہ دیا تھا۔

"واہ کیا صحت مند کبوتر ہے۔"

"وہ اچھا تو اب آپ کو کوے بھی کبوتر نظر آنے لگے ہیں۔"

"کوا۔۔۔ ارے بھئی وہ تو کالا ہوتا ہے"

"یہ کوا ہی ہے" اس نے زہر خند سے جواب دیا۔

"اور کالا بھی ہے آپ اب عینک لگوا لیجئے۔"

اس نے اس کوے کو جو اسے سفید کبوتر نظر آتا تھا بار بار غور سے دیکھا۔ اس کی شکل و صورت واقعی کوے جیسی تھی۔ مگر اس کا رنگ اسے بالکل سفید نظر آتا تھا۔ کچھ دیر بیوی سے اُلجھ کر اسے سوچا آخر سے کیا فرق پڑتا ہے کہ کوا سفید ہے یا سیاہ۔ کیا یہی غنیمت نہیں ہے کہ وہ اور اس کی بیوی کم از کم اس بات پر تو متفق ہیں کہ وہ کوا ہے اور سامنے منڈیر پر موجود ہے۔ وہ غسلخانے کی طرف جا رہا تھا کہ بلیوں کے لڑنے اور غرانے کی خوفناک آوازیں سنائی دیں۔ اس نے بڑی لڑکی سے پوچھا

"یہ بلیلاں کہاں لڑ رہی ہیں؟"

"لڑکی کی بجائے پھر اس کی بیوی نے جواب دیا"

"ثمینہ بیٹی بند کر دے۔ حد ہو گئی ہے۔"

اس کی سمجھ میں کچھ نہ آیا۔ مگر بلیوں کے لڑنے اور غرانے کی آوازیں بند ہو گئیں۔ وہ غسل خانے میں آ کر شیو بنانے لگا۔ شیو بناتے بناتے اس نے آئینے میں اپنے بالوں کی دیکھ اور دم بخود رہ گیا۔ ایک ہی رات میں اس کے سر کے بال سفید ہو گئے تھے مگر کیس؟ کیا رات اتنی طویل تھی یا عجیب طرح کی صبح طلوع ہوئی تھی۔ جس میں چیزوں کے رنگ اور ذائقے بدل گئے تھے اس نے چاہا بیوی کو آواز دے مگر اسے کوے والی تکرار یاد آ گئی پھر اسے یاد آیا کہ ایک بار وہ اسے ایک خوبصورت باغ میں لے گیا تھا اور جب اس نے پولوں اور مخملی سبزے کی طرف اشارہ کر کے اس کی تعریف کی تھی تو وہ پریشان ہو کر کہنے لگی تھی۔

"اس لق و دق صحرا اور ویرانے کو تم باغ کہتے ہو، یہ خاردار جھاڑیاں اور جگہ بلوں سے جھانکتے ہوئے سانڈے اونہہ۔"

پھر ایک دفعہ وہ اس کے ہمراہ راستہ بھول کر ویرانے میں پھنس گیا تو اس کی تشفی کے لئے اس نے کہا۔ ہم جلد ہی یہ صحرا عبور کر لیں گے تو وہ تنک کر بولی۔

"تم اس سبزہ زار کو صحرا کہتے ہو؟"

بیوی سے ایسی ہی باتوں کی وجہ سے اس کی تکرار ہوتی رہتی تھی مگر وہ دونوں ایک دوسرے سے محبت کرتے اور ایک دوسرے کے لئے قربانیاں دیتے آئے تھے۔ اس نے سوچا رنگوں کے چکر میں پڑ کر گھر کی فضا کو مکدر نہیں کرنا چاہئے۔

ناشتہ کر کے وہ جلدی جلدی گھر سے باہر آیا۔ گھر سے باہر ساری چیزیں اجنبی

اور غیر مانوس لگ رہی تھی۔ اسے سارے رنگ پھیکے دکھائی دے رہے تھے۔ سفیدی ہر چیز پر غالب تھی۔ اسے خیال آیا مسلسل اور شدید بارشوں کی وجہ سے چیزوں کے رنگ اُڑ گئے ہوں گے۔

گلی میں گھٹنوں گھٹنوں پانی کھڑا تھا۔ کئی روز سے قیامت خیز بارش ہوتی رہی تھی اور آج کئی دنوں کے بعد مطلع ذرا صاف ہوا تھا۔ اس نے دیکھا گھر کے باہر ہر طرف کوڑا کرکٹ جمع تھا اور نالیاں غلاظت اور کیچڑ سے بھری ہوئی تھیں۔ گٹروں سے گندا اور بدبودار پانی اُبل رہا تھا۔ اس نے بدبو سے بچنے کیلئے ناک پر رومال رکھ لیا اور پتلون کے پائنچے اُوپر کر کے گلی کی دلدل عبور کرنے لگا۔

آہستہ آہستہ اس کے ذہن صاف ہونے لگا۔ اسے بھولی ہوئی باتیں اور چیزیں یاد آنے لگیں۔ اُسے یاد آیا کہ کس طرح بستی کے لوگ بارش کی دعائیں مانگتے تھے۔ وہ سخت گرمی اور لُو سے پریشان تھے۔ اس بات نہایت سخت گرمی پڑی تھی۔ لگتا تھا سورج سوا نیزے پر آیا ہے۔ دن بھر آگ برستی۔ دھوپ کے شعلے سڑکوں، گلیوں، بازاروں، کھیتوں اور گھروں کی چھتوں پر ناچتے۔ رات دیر تک گرم ہَوا چلتی رہتی۔ پہاڑوں اور جنگلوں میں چشموں کے ابلنے اور ہریالی کے لہرانے کی بجائے آگ دہکتی۔ ائیر کنڈیشنڈ کمروں اور سوئمنگ پولوں کے علاوہ ساری زندگی جھلس کر رہ گئی تھی اور لوگ گرمی، لُو اور خشک سالی کے خوف سے گھبرا کر بانگیں دینے لگے تھے۔

اُسے یاد آیا کہ ایک شکر دوپہر کی سیاہ بادل گھر آئے اور قبل از وقت سام کا اندھیرا ہر طرف پھیل گیا اور اس قدر بارش ہوئی کہ جل تھل ایک ہو گیا۔ گلیاں اور سڑکیں ندی نالے بن گئیں۔ ندی نالے چنگھاڑنے اور دریا بپھرنے لگے۔ بستیوں اور

ویرانوں پر بجلی کڑکتی، چمکتی اور کوندتی رہی۔ کچے مکان ڈھے گئے۔ پکے مکان ٹپکنے لگے۔ مویشی اور انسان پانی کے تند ریلوں میں بہہ گئے۔ کھیت اور فصلیں برباد ہو گئیں۔ زمین کے اندر بلوں اور سوراخوں میں چھپی ہوئی آفات باہر نکل آئیں اور زمین کے سینے پر رینگنے لگیں۔ بہت سی جگہوں پر بند ٹوٹ گئے۔ بستیاں مٹ گئیں، لوگ بے گھر ہو گئے۔ طرح طرح کی وبائیں پھوٹ نکلیں اور بہت سا اناج پانی میں بہہ گیا۔ پھر جیسے صدیوں بعد مطلع صاف ہوا اور صبح طلوع ہوئی مگر یہ کیسی عجیب صبح تھی کہ چیزوں کے رنگ بدل گئے تھے یا کم از کم اسے ایسا ہی محسوس ہو رہا تھا۔

اسے یاد آیا۔ آتی بار بس سٹاپ پر نا آشنا چہروں کے ہجوم نے اسے آج بھی حسبِ معمول عقیدت اور محبت کی نظروں سے دیکھا تھا۔ وہ ان نظروں اور چہروں پر لکھے ہوئے خوشگوار جذبات سے آشنا تھا۔ مگر آج وہ ان نظروں سے چھپ جانا چاہتا تھا۔ اسے لگ رہا تھا۔ جیسے وہ۔ وہ نہ ہو۔ اس نے اپنا روپ دھار رکھا ہو۔۔۔!

اس نے چاہا جانے کا ارادہ ترک کر دے۔ کسی اور طرف کو نکل جائے۔ مگر پھر اسے بیوی بچے اور گھر یاد آیا اور چیزوں کی وہ فہرست بھی جو باغ کو ویرانہ، صحرا کو سبزہ زار اور کبوتر کو کوا سمجھنے والی بیوی نے اس کی جیب میں اڑس دی تھی۔

بس روانہ ہوئی تو بہت سے لوگوں اس کے ٹکٹ کے پیسے ادا کرنا چاہے۔ مگر اس نے منع کر دیا۔ بس میں تل دھرنے کی جگہ نہیں تھی۔ مگر اس کے لئے سیٹ کالی کر دی گئی۔ یہ کوئی انوکھی اور خلافِ معمول بات نہیں تھی مگر آج اسے لوگوں کی محبت اور عقیدت اے خوف لگ رہا تھا۔ اس کا جی چاہتا تھا کہ وہ اسے نہ پہچانیں۔ اسے عام آدمیوں کی بھیڑ میں گم ہو جانے دیں وہ جہاں جانا چاہے جائے۔ یہاں بیٹھنا

چاہے بیٹھے۔ کوئی اس کی طرف توجہ نہ دے اس کا نوٹس نہ لے۔ کاش اس کی پاس سلیمانی ٹوپی ہوتی تو وہ سب کی نظروں سے بچ کر نکل جاتا۔ مگر سلیمانی ٹوپی ہوتی تو وہ وہاں کیوں جاتا۔ وہ قہقہے لگاتا ہوا ان کے پاس سے گزر جاتا جو اس کے منتظر تھے۔

سڑک کے دونوں جانب چھوٹی بڑی دکانیں تھیں۔ بازار کے عقب میں پھر بازار تھے۔ بازاروں اور منڈیوں میں خرید و فروخت ہو رہی تھی۔ اچھی بری ہر قسم کی جنیں بیچی اور خریدیں جا رہی تھیں۔ ہر شخص اپنا مال بیچنے کی فکر میں تھا۔ اس نے اپنی ڈھارس بن دھائی زندہ رہنے کے لئے ہر کسی کو کچھ نہ کچھ بیچنا، ہی پڑتا ہے۔ جو چیزیں اپنے پاس نہ ہوں انہیں حاصل کرنے کے لئے جو کچھ میسر ہو بیچنا ضروری ہوتا ہے لیکن اس کی ڈھارس نہ بندھ سکی۔ رہ رہ کر اس کا جی چاہتا وہ کہیں چھپ جائے۔ کسی اور طرف کو نکل جائے۔ مگر وہ اس طرف کو جدھر اس کا جانے کو جی نہیں چاہتا تھا مسلسل کھنچا چلا جا رہا تھا۔ جیسے دوسرے سرے پر کوئی اس کی میلوں لمبی انتڑی کا سِرا پکڑے اپنی طرف کھینچ رہا ہو۔ وہ جوں جوں آگے بڑھتا۔ انتڑی کی تکلیف میں کمی ہوتی جاتی۔

بس سے اُتر کر وہ پیدل چلنے لگا۔ اب فاصلہ اور کم ہو گیا تھا۔ وہ یہ فاصلہ ایک ہی جست میں طے کر لیتا تھا مگر آج جب اُس نے اس فاصلہ کو ایک ہی سانس میں طے کرنے کر لئے خود کو ایڑ لگائی تو اس کے اندر کوئی چیز اپنی پچھلی ٹانگوں پر کھڑی ہو گئی اور زور زور سے ہنہنانے لگی اور ابھی وہ اسے چمکارنے اور تھپتھپانے سے فارغ نہیں ہوا تھا کہ سفید رنگ کے کوّے اور گدھ اس کے سر پر منڈلانے لگے۔ اور اسے پناہ لینے کے لئے اس عمارت میں داخل ہونا پڑا جس میں وہ داخل نہیں ہونا چاہتا تھا۔

مگر یہاں آ کر وہ ایک نئی مصیبت میں گرفتار ہو گیا بولتے بولتے اسے اپنی آواز بدلی ہوئی محسوس ہوئی پھر ہلکی ہوتی گئی اور آخر کار بالکل ختم ہو گئی اور اب وہ شیشے کی دیوار کے اس پار بیٹھے ہوئے شخص کے اشارے پر محض ہونٹ ہلا رہا ہے۔ مگر وہ حیران ہے کہ جب اس کے حلق سے آواز ہی نہیں نکل رہی تو سامنے بیٹھا ہوا شخص اسے قدر خاموش اور پر سکون کیسے ہے؟ اس کی سمجھ نہیں آ رہا کہ اب تک وہ دروازہ کھول کر اندر کیوں نہیں آ گئے ہیں اور ہر طرف شور کیوں نہیں مچ گیا ہے۔

اچانک اسے خیال آتا ہے کہ کیا پتہ اس کی اواز اس کے اپنے سوا سب کو سنائی دے رہی ہو لیکن کیا ایسا ممکن ہے؟ جہاں تک اسے معلوم ہے جب تک آواز اور کانوں کے درمیان ہَوا کا واسطہ موجود رہتا ہے آواز کی لہریں کانوں تک پہنچتی رہتی ہیں تو کیا اس کی آواز اور کانوں کے درمیان خلاء پیدا ہو گیا ہے؟ کیا وہ اپنی ہی آواز سننے سے محروم ہو گیا ہے؟ کیا وہ اپنی ہی آواز سننے سے محروم ہو گیا ہے؟ کیا وہ اب کبھی آوازیں اور آہٹیں نہیں سن سکے گا؟ سوالات چلتی ہوئی مشینوں کی طرح اس کے اندر گھرر گھرر کرنے لگتے ہیں اور ابھی وہ کچھ فیصلہ نہیں کر پاتا کہ اُسے یاد آتا ہے کہ انسنی کان وہی آواز سن سکتے ہیں جس کی فریکوئنسی بیس سے بیس ہزار تک ہو تو کیا اس کی آواز کی موجوں کا تعدد بیس سے بھی کم ہے یا اس کی آواز ULTRASAONIC ہے؟ کیا چمگادڑ کی طرح اس کے منہ سے بھی اس قدر تیز چیخ کی آواز نکل رہی ہے جسے انسانی کان سننے سے قاصر ہیں مگر کاش ایسا ہوتا۔ اگر ایسا ہوتا تو سامنے بیٹھا ہوا شخص اس قدر پر سکون دکھائی نہ دیتا۔ یقیناً اس کی آواز میں نہیں، سماعت میں کوئی خرابی پیدا ہو گئی ہے۔

وہ اسی شش و پنج میں ہے کہ اس کے سامنے رکھے ہوئے کاغذ کے چھوٹے چھوٹے پرزوں پر لکھی ساری عبارت ختم ہو جاتی ہے اور شیشے کی دیوار کے اس پار بیٹھا ہوا شخص اسے باہر آنے کا اشارہ کرتا ہے۔ وہ دروازہ کھول کر باہر آتا ہے

سب کچھ معمول کے مطابق ہے

لوگوں کے ہنسنے بولنے، دروازوں کے کھلنے اور بند ہونے اور پرندوں کے چہچہانے کی آوازیں اسے صاف سنائی دیتی ہیں۔

***

۶

پکی سڑک

یوں تو ان دنوں ہر جگہ سخت گرمی پڑ رہی تھی مگر اپنے آبائی گاؤں پہنچ کر مجھے احساس ہو رہا تھا جیسے ہم ایک لمبی سخر دوپہر کی زد میں آ گئے ہیں۔ دن بھر آگ برستی اور لو کے تھپیڑے گھروں، آنگنوں، گلیوں اور کھیتوں کھلیانوں میں اپنی پیاسی زبانوں سے حسن اور ہریالی چاٹتے۔۔۔ سورج کسی خونخوار درندے کی طرح جبڑوں سے لگا خون چاٹتا اپنے کچھار کو پسپا ہوتا تو لوگوں کی جان میں جان آتی مگر زمین اس قدر تپی ہوئی اور ہوا اس قدر دہکی ہوئی ہوتی کہ گئی رات تک لو چلتی اور جھلسے ہوئے نڈھال جسموں کو تازگی نصیب نہ ہوتی۔۔۔ میں اسے ایسے موسم میں یہاں لا کر پشیمان ہو رہا تھا مگر اس نے ابھی تک کوئی شکایت نہ کی تھی۔

اگلے روز ہمیں واپس جانا تھا اس لئے اس کے اصرار پر میں اسے شام کو گھمانے لے گیا مگر دل میں شرمندہ ہو رہا تھا۔ اسے کہاں لے جاؤں کیا دکھاؤں۔ اس نے میرے بچپن کے گاؤں کی خوبصورت اور رومانی باتیں میرے افسانوں میں پڑھی تھیں اور شاید تصور میں بھی بسا رکھی تھیں۔ مجھے لگتا تھا جیسے اس کی خوبصورت آنکھیں ہر جگہ میرا بچپن تلاش کر رہی تھیں مگر ننگ دھڑنگ اور میلے کچیلے بچوں کو

گلیوں میں بھاگتے دوڑتے اور جوہڑوں میں چھلانگیں لگاتے دیکھ کر مجھے خفت ہو رہی تھی اور اپنی بے پردگی کے احساس کی دھول سے میرا حلق بند ہو رہا تھا۔

گاؤں اب میرے خیال میں بہت بدل گیا تھا۔ گاؤں سے ملحقہ زمین میں سیم اور تھور کا کوڑھ دور تک پھیل گیا تھا۔ وہ اکلوتا باغ جہاں ہم آنکھ مچولی کھیلتے، جھولے جھولتے اور زندگی سے بھرپور قہقہے لگاتے تھے اجڑ چکا تھا۔ برگد کے نیچے جہاں دوپہروں کو محفلیں جمتی تھیں اور ہیر اور سیف الملوک گائی جاتی تھیں اب وہاں بھینسیں بندھی تھیں اور گوبر کا تعفن پھیلا ہوا تھا۔ وہ میدان جہاں کبڈی اور کشتی کے مقابلے ہوتے تھے اور فصلوں کی کٹائی کے دنوں میں جہاں رہس دھاریئے سوانگ رچاتے اور کٹھ پتلیوں کے ناچ دکھاتے تھے، ایک غلیظ تالاب کی صورت اختیار کر چکا تھا۔ آٹا پیسنے کی چکی کے گھگھو کی ٹوہ ٹوہ، کتوں کے لڑنے، بلیوں کے غرانے اور مویشیوں کے ڈکرانے کی آوازوں سے مل کر عجیب وحشت سی پھیلاتی رہتی۔۔۔ وہ ناز و نعم میں پلی۔۔۔ مہذب معاشروں میں رہ کر آئی تھی۔ میں اسے اپنا گاؤں دکھانے لایا تھا مگر اس کی موجودگی میں مجھے اپنا گاؤں اور بھی پسماندہ لگ رہا تھا۔ ویسے بھی موجودہ گاؤں میرے بچپن کے گاؤں سے اس قدر مختلف تھا کہ خود مجھے لگ رہا تھا میں کسی اجنبی جگہ پر آگیا ہوں۔ لوگوں میں پہلے کی طرح محبت نہیں رہی تھی ایک دوسرے کی بجائے اب وہ شہر کے لوگوں کی طرح روپے پیسے سے محبت کرنے لگے تھے۔ غالباً اس نے میری پریشانی بھانپ لی تھی۔ کہنے لگی۔

"یہ گاؤں بہت اچھا ہے میرے خیال میں اب لوگ زیادہ حقیقت پسند ہوتے جا رہے ہیں۔ موجودہ بحرانی دور کے بطن سے جلد ہی ایک نئے عہد کا آغاز ہو گا۔"

"خاک ہو گا۔" میں نے کہا، "یہ تو ہمارا اجتماعی رویہ بن چکا ہے ہم سب میلے پر آئے ہوئے لوگ ہیں۔ ہم ایک بے فکری قوم ہیں۔ آتش فشانوں کے دہانوں پر بیٹھ کر چین کی بانسری بجانے والے اور یہ چھوٹا سا گاؤں بھی ہمارے اسی مجموعی رویے کا ایک حصہ ہے۔ تم دیکھ نہیں رہی ہو۔۔۔ ہر شخص دوسرے سے کیسے الگ تھلگ ہے۔ ترقی یافتہ شہروں کی مشینی بے مروتی اور بے سکونی کا دھواں اور آپا دھاپی کی آنچ یہاں بھی پہنچ گئی ہے۔"

کہنے لگی، "کچھ بھی ہو یہاں کی فضا میں مجھے آزادی اور وسعت کا احساس ہوا ہے ورنہ پچھلے کئی ماہ سے اپنے آپ سے گھن آنے لگی تھی۔ اپنے ہونے نہ ہونے کا کچھ پتہ نہ چلتا تھا۔ میں تو یہاں آکر زمین و آسمان سے نئے رشتے استوار کر رہی ہوں۔"

اس کی ایسی ہی باتوں سے میری ڈھارس بندھی اور خفت کا احساس کم ہوا۔۔۔ اسی شام ایک عجیب صورت حال پیدا ہو گئی۔۔۔

جب ہم گھر لوٹ رہے تھے گلی میں پیراں دتہ سے ملاقات ہو گئی۔ گاؤں میں اسی کا ایک تانگہ تھا جو سواری ملنے کی صورت میں جوتا جاتا تھا۔ ہم نے اسے دو ایک روز پہلے ہی اپنے پروگرام سے مطلع کر دیا تھا اور تاکید کر دی تھی کہ وہ ہفتہ کی صبح کو کہیں ادھر ادھر نہ جائے اور ہمیں پکی سڑک پر بسوں کے اڈے پر پہنچا آئے۔ اسے اپنا منتظر پا کر ہمیں خیال آیا کہ وہ صبح کے پروگرام کے بارے میں اطمینان کرنے آیا ہو گا مگر اس نے ہمیں کوئی متبادل انتظام کر لینے کا مشورہ دے کر پریشان کر دیا۔

"کیوں کیا ہوا۔۔۔؟ کیا گھوڑا بیمار ہو گیا؟"

"نہیں جی۔" وہ کہنے لگا، "ابھی ابھی چودھری نور محمد کا پیغام ملا ہے کہ صبح انہیں تحصیل جانا ہے۔"

"ہمیں کوئی اعتراض نہیں۔" میں نے کہا۔ "تم انہیں بھی ساتھ لے لینا۔"

"نہیں جی۔۔۔ وہ بڑے آدمی ہیں۔۔۔ سواریوں والے تانگے میں نہیں بیٹھیں گے۔"

"بڑے آدمی! کیا بہت موٹے اور لمبے ہیں۔" وہ بولی۔ "اور کیا ہم تمہیں بونے نظر آتے ہیں۔"

پیراں دتہ نے خوفزدہ ہو کر ادھر ادھر دیکھا پھر بولا،

"ان کے لئے ہمیشہ سالم لے جانا پڑتا ہے۔"

"اگر ایسی بات ہے۔" وہ فیصلہ کن انداز میں بولی۔ "تو ہم نے تمہیں پہلے سے کہہ رکھا ہے تمہیں ہمارے ساتھ جانا ہو گا۔"

میں نے اسے سمجھانے کی کوشش کی کہ یہ شہر نہیں جہاں سواریوں اور سیٹوں کی ریزرویشن ہو جاتی ہے۔ یہ گاؤں ہے اور چودھری نور محمد اس کے دو تہائی حصے کا مالک ہے اور پیراں دتہ اس کی حکم عدولی نہیں کر سکتا مگر وہ اپنی بات پر اڑی رہی۔ کہنے لگی۔

"آپ خود چودھری سے بات کریں اور اسے بتائیں کہ ہمارا پہنچنا ضروری ہے اور ہم نے تانگہ بک کر رکھا ہے۔"

"وہ بے حد مغرور اور اجڈ آدمی ہے اسے اپنی ہتک سمجھے گا اور برا منائے گا۔"

"تو کیا آپ اس سے ڈرتے ہیں؟" وہ چمک کر بولی۔ "میں خود اس سے بات کر

سکتی ہوں۔"

"یہ مناسب نہیں۔" میں نے کہا۔

"بی بی جی۔۔۔ عزت دار آدمی کو ڈرنا ہی پڑتا ہے۔" پیراں دتہ نے کہا۔

"کمال ہے" وہ غصے سے بولی۔ "آدمی آدمی سے ڈرے۔۔۔ کیسی عجیب بات ہے۔"

"سبھی آدمی۔۔۔ آدمی نہیں ہوتے۔" میں نے اسے سمجھایا۔ "آدمیوں کے روپ میں راکشس بھی ہوتے ہیں اور کبھی کبھی اژدہے بھی آدمیوں کی جون بدل لیتے ہیں۔ بہر حال تم کسی فلمی کہانی کی ہیروئن نہ بنو اور پریشان نہ ہو۔ کوئی دوسرا انتظام ہو جائے گا۔۔۔"

"لیکن یہ ایک غلط اور اصول کے خلاف بات ہے۔"

"بہت سی غیر اصولی باتیں ہمارے ارد گرد ہر لمحے ہوتی رہتی ہیں اور ہم چاہتے ہوئے بھی کچھ نہیں کر سکتے انسان بعض معاملات میں بے بس ہوتا ہے مگر تم اس معمولی سی بات پر جی میلا نہ کرو۔"

"عجیب بات ہے کہ ایک شخص دوسروں کے ساتھ بیٹھنا پسند نہیں کرتا محض اس لئے کہ کاغذوں میں اس کے نام اس کی ضرورت سے زیادہ اراضی لکھی ہوئی ہے۔ مگر اسے معلوم ہونا چاہیے کہ وہ کس دور میں رہتا ہے۔"

"وہ اپنے علاقے میں صاحب اقتدار ہے اور اپنے عہد میں رہتا ہے اس وقت میں اور تم بھی چودھری نور محمد کے عہد میں سانس لے رہے ہیں۔"

"میں جانتی ہوں۔۔۔ یہ لوگ دیہات کو پسماندہ رکھنا چاہتے ہیں سکول نہیں

بناتے اور سڑکیں نہیں بننے دیتے۔ پکی سڑک کے ساتھ علم و آگہی کی روشنی پھیلتی ہے جس میں ان کے اصلی چہرے بے نقاب ہوتے ہیں۔"

وہ دیر تک بولتی رہی اور میں چپ چاپ سنتا رہا۔ مجھے معلوم تھا کہ اسے کلاس لئے کئی روز ہو گئے ہیں۔ پیراں دتہ چلا گیا تو میں اسے تسلی دیتا ہوا گھر لے آیا۔۔۔

مجھے ڈر تھا کہ وہ رات بھر گھر والوں کا مغز چاٹتی رہے گی مگر تھوڑی ہی دیر گزری تھی کہ پیراں دتہ پھر آ گیا۔ کہنے لگا۔

"اجازت مل گئی ہے جی۔"

"وہ کیسے؟"

"میں نے انہیں بتایا کہ آج کل سڑک بہت خراب ہے۔ جا بجا گڑھے پڑے ہوئے ہیں اور گرد و غبار سے کپڑے خراب ہو جاتے ہیں۔"

"پھر؟"

"پھر انہوں نے کالو کو بلا کر صبح سویرے گھوڑے پر زین ڈالنے کا حکم دے دیا۔"

"کون سے گھوڑے پر؟" وہ چونک کر بولی۔

"اپنے مشکی گھوڑے پر۔۔۔ بڑی اچھی نسل کا ہے۔" پیراں دتہ نے جواب دیا۔

میں نے پیراں دتہ کا شکریہ ادا کیا اور اسے صبح تانگہ لانے کی تاکید کر کے رخصت کر دیا مگر شکیلہ کے ماتھے پر اب تک بل پڑے ہوئے تھے۔ کہنے لگی۔

"وہ سواریوں والے تانگے میں نہیں بیٹھتا۔۔۔ ہونہہ۔۔۔ ڈرٹی ارسٹوکریٹک

ایٹی چیوڈ"

میں نے اس کے کان میں کہا، "اب غصہ تھوک دو۔۔ اس بے چارے نے تمہیں دیکھا نہیں ہے ورنہ سواریوں والے تانگے میں بیٹھنے کو اپنی خوش قسمتی سمجھتا۔
"

اپنے بے پناہ حسن کی تعریف سے اس کا سارا غصہ اتر گیا اور وہ مسکرانے لگی،
"مائی فٹ۔"

اگلی صبح جب ہم تانگے میں سوار ہو کر گاؤں سے تھوڑی دور پہنچے تو ہم نے دیکھا آگے آگے سڑک پر چودھری نور محمد اپنے گھوڑے پر سوار کلف دار طرہ لہراتا بڑی شان سے جا رہا تھا۔ گھوڑے کے سموں سے اٹھنے والی گرد سے بے نیاز اس کا ملازم کالو پیچھے پیچھے بھاگتا جا رہا تھا۔ جگہ جگہ راستہ چلتے اور کھیتوں میں کام کرتے کسان اسے سلام کرتے۔۔۔ خیریت دریافت کرتے اور دعائیں دیتے۔ پیراں دتہ نے تانگے کی رفتار کم کر دی تھی۔ سورج نکلتے ہی خونخوار دھوپ چاروں طرف پھیل گئی تھی اور آنے والی سخر دوپہر کے خوف سے چرند پرند سہمے ہوئے تھے۔ ہم دھوپ تیز ہونے سے پہلے اڈے پر پہنچ جانا چاہتے تھے مگر پیراں دتہ چودھری نور محمد سے آگے نکلنے کی گستاخی نہیں کرنا چاہتا تھا۔

کالو کو گھوڑے کے پیچھے بھاگتے دیکھ کر ہمیں اس پر بہت ترس آ رہا تھا مگر ہم چودھری کے کسی معاملہ میں دخل نہیں دینا چاہتے تھے لیکن شکیلہ کے کہنے پر پیراں دتہ نے کالو کو تانگے میں سوار ہونے کے لئے آواز دے دی۔ چودھری نے مڑ کر خشمگیں نگاہوں سے تانگے کی طرف دیکھا پھر کالو کو تانگے میں سوار ہونے کی

اجازت دے دی۔

نہر کے آخری پل پر چودھری کسی راہگیر کے پاس رک کر باتیں کرنے لگا تو ہم رسمی علیک سلیک کر کے اس کے قریب سے گزر گئے۔ وہ بولی۔

"دیکھنے میں تو خاصا مہذب اور باوقار لگتا ہے۔"

میں نے کالو کی موجودگی کا احساس دلا کر اسے خاموش رہنے کا اشارہ دیا تو وہ چپ ہو گئی مگر مجھے معلوم تھا کہ وہ اندر ہی اندر کلاس لے رہی تھی۔

اڈے پر خلاف معمول بے حد رش تھا۔ تھوڑے تھوڑے وقفوں کے بعد بس آتی مگر رکے بغیر نکل جاتی تھی لوگ گرمی سے بے حال ہو رہے تھے اور ہر شخص جلد از جلد سوار ہو کر اپنی منزل پر پہنچ جانا چاہتا تھا۔ اب چودھری نور محمد بھی اڈے پر پہنچ گیا تھا اور گھوڑے کی لگام کالو کے ہاتھ میں تھما کر بس کا انتظار کرنے والوں کی بھیڑ میں شامل ہو گیا تھا۔

کافی دیر کے اکتا دینے والے طویل انتظار کے بعد ایک بس آ کر رکی سارے ہجوم نے ایک ساتھ ہلہ بول دیا مگر کنڈیکٹر نے سب کو پیچھے دھکیل دیا اور صرف دور کی سواریوں کو سوار ہونے کی اجازت دی۔ خوش قسمتی سے ہمیں دور جانا تھا اس لئے ہمیں سوار کرا لیا گیا اور نسبتاً قریب کی سواریاں جن میں چودھری نور محمد بھی شامل تھا دروازے سے چمٹی چیختی چلاتی اور منت سماجت کرتی رہیں۔ لوگ بار بار اندر گھسنے کی کوشش کرتے اور کنڈیکٹر انہیں دھکے دے کر سوار ہونے سے روکتا رہا۔ اس دھکم پیل میں چودھری نور محمد کی طرے دار دستار سر سے اتر کر نیچے گر گئی اور گرد سے اٹ گئی۔ اس نے جلدی سے اسے اٹھایا اور جھاڑ پونچھ کر دوبارہ پہن لیا اور بس

کے دروازے کی طرف لپکا۔

جب کنڈ کٹر کو یقین ہو گیا کہ دور کی سب سواریاں سیٹوں پر بیٹھ گئی ہیں تو اس نے قریب کی دوسری سواریوں کو بھی اندر آنے اور کھڑے ہو کر سفر کرنے کی اجازت دے دی۔

بس روانہ ہوئی تو میں نے دیکھا۔ چودھری نور محمد نے اپنی دستار دونوں ہاتھوں سے تھامی ہوئی تھی اور دور اور نزدیک کی عام سواریوں کے درمیان پھنسا ہوا نیم ایستادہ تھا اور شکیلہ کے گلاب ہونٹوں پر معنی خیز مسکراہٹ کی چٹک تھی!

***

۷

ٹائم از اوور

کیا کہا کتنے برس؟

برس نہیں دن ہوں گے!

آپ کو غلطی لگی ہے سر!!

ابھی ابھی تو میں پنگھوڑے میں لیٹا منہ سے بوتل لگائے بڑے مزے سے دودھ پی رہا تھا۔

اور وہ عورت جس کے بطن سے میں نے جنم لیا ابھی ابھی یہاں تھی۔

آپ میری بات پر یقین کیجئے۔ میں بالکل سچ کہتا ہوں۔ میں نے ابھی چند روز ہوئے زندگی کی ابتداء کی ہے یقیناً آپ کو مغالطہ ہوا ہے۔ مہربانی کر کے ذرا پڑتال کر لیجئے۔ وقت کے سلسلے میں ہمیشہ مجھ سے ناانصافی ہوتی رہی ہے۔ مجھے یاد ہے ایک بار میں امتحان کا پرچہ دے رہا تھا اور ابھی میں نے اپنا رول نمبر ہی لکھا تھا کہ ممتحن کی گرجدار آواز سنائی دی۔

"ہاف دی ٹائم از اوور۔"

اس کے بعد مارے گھبراہٹ کے میں کچھ بھی نہ لکھ سکا۔ میرے ہاتھ پاؤں

پھول گئے اور آنکھوں کے سامنے اندھیرا چھا گیا اور اب پھر!!

غالباً آپ نے وہ سب ماہ و سال بھی میرے کھاتے میں ڈال دیئے ہیں جنہیں میں نے خود نہیں گزارا بلکہ وہ مجھے روندتے اور کچلتے ہوئے گزرے ہیں لیکن آپ کو دیکھنا ہو گا کہ ان میں کتنے شب و روز میرے حصے میں آئے اور کتنے ایسے تھے جنہیں میں نے خود کو کرائے پر چڑھا کر بسر کیا۔

جناب عالی! جن شب و روز نے مجھے زندگی میں کوئی لذت یا خوشی نہیں دی انہیں میرے کھاتے میں ڈالنا ہرگز درست نہیں۔ انصاف کا تقاضا ہے کہ وہ سب شب و روز جو ایک جیسے تھے اور ان گنت تھے انہیں ایک ہی شمار کیا جائے اور ان سب برسوں کو بھی میری عمر کے اکاؤنٹ میں شمار نہ کیا جائے جو میں نے لوگوں اور چیزوں کے نام یاد کرنے میں صرف کئے۔ یہ چیونٹی ہے۔ وہ بادل ہے یہ پنکھا ہے وہ تختی ہے۔ پھر مجھے الف سے انار اور ب سے بکری رٹنے پر لگا دیا گیا۔ حالانکہ جب انار اور بکری موجود تھے تو اس سے کیا فرق پڑتا تھا کہ انار کو بکری اور بکری کو انار کہا جا سکتا لیکن میرے پیدا ہونے سے پہلے ہی ساری چیزوں کے نام رکھ دیئے گئے تھے اور میرے لئے ضروری قرار دیا گیا کہ میں ان ناموں اور اصولوں کو ازبر کروں اور ان سے سر مو ادھر ادھر نہ ہوں۔

انار اور بکری کے بعد بھی برسوں مجھے لوگوں اور چیزوں کے نام یاد کرنا پڑتے اور میرے قیمتی دن، مہینے اور سال بکریوں، گھوڑوں، تختیوں اور بادلوں کی نذر ہو گئے۔ اسی طرح ہر طرف آدمی ہی آدمی تھے سب کی شکلیں ایک جیسی تھیں بہت تھوڑا فرق تھا اور بظاہر یہی لگتا تھا کہ ایک ہی آدمی بھیس بدل کر ہر جگہ گھومتا

پھرتا ہے۔ لیکن پھر پتہ چلا کہ ایک جتنے قد و قامت کے باوجود بعض چھوٹے اور بعض بڑے تھے اور ان کے الگ الگ نام، ذاتیں اور فرقے تھے اور مجھے ذاتوں، فرقوں اور چھوٹے بڑے کے فرق کے ساتھ یہ سب نام یاد کرنا پڑے۔ نہ صرف نام بلکہ ناموں کے ہجے، ہجوں کی مخصوص شکلیں اور آوازیں۔ زیریں، زبریں، پیشیں !!

مجھے نہایت افسوس ہے میں اس فیصلے کو نہیں مانتا۔

میرے ساتھ ہمیشہ زیادتی کی گئی ہے یہاں تک کہ میرے پیدا ہونے میں بھی میرا عندیہ معلوم نہیں کیا گیا۔ سارے فیصلے مجھ پر ہمیشہ ٹھونسے گئے ورنہ اگر میری اپنی پسند اور میری مرضی کو دخل ہوتا تو میں خود فیصلہ کرتا کہ میں کس صدی ملک اور شہر میں اور کن لوگوں کے درمیان پیدا ہونا چاہتا ہوں لیکن والدین کے انتخاب سے لے کر رنگ، نسل عقیدے اور نام تک کے انتخاب میں میرا اپنا کوئی چوائس نہ تھا۔ میرا قد بت، ناک نقشہ اور آواز جس کی وجہ سے بعد میں کئی طرح کی پیچیدگیاں اور مشکلیں پیدا ہوئیں مجھے وراثت میں ملے۔ اس میں میری مرضی اور پسند بالکل شامل نہیں تھی۔ میں جس گھر میں پیدا ہوا اس سے بہتر اور روشن گھر اور بھی موجود تھے۔ میرے والدین سے بہتر لوگ میرے والدین ہو سکتے تھے۔ اگر میں منہ میں سونے یا چاندی کا چمچہ لے کر پیدا ہوتا تو مجھے بہت سے کام کئے کرائے مل جاتے اور میرا بہت سا وقت بچ جاتا لیکن مجھے رشتہ دار بھی بنے بنائے ملے۔۔ یہ باہر سے اجلا اندر سے کالا آدمی میرا ماموں ہے۔ یہ حاسد اور حریص شخص میرا چچا ہے۔ یہ بد زبان عورت میری پھوپھی ہے، یہ خواجہ سگ پرست کے بھائیوں جیسا آدمی میرا

بھائی ہے اور یہ لوند مسودا خصم خدائی عورت میری خالہ ہے۔ ان سب کا کام میرے راستے میں روڑے اٹکانا، میری کامیابیوں پر حسد کرنا اور ناکامیوں پر بغلیں بجانا تھا۔ میں زندگی بھر نیکیوں کی گٹھڑیاں اٹھائے ہر ایک دروازے پر دستکیں دیتا رہا مگر مجھے نفرت اور حسد کے سوا کچھ نہ ملا۔

مجھے اپنے محدود اور مخصوص ماحول سے دوستوں کا انتخاب کرنا پڑا۔ میں انہیں باری باری سالہا سال تک آزماتا رہا اور ناکامی کا منہ دیکھتا رہا۔ وہ مصیبت کے وقت کام آنے کے لئے مجھے ہر خوشی سے محروم رکھنے اور اپنے احسانات کے بوجھ سے کچلنے کی کوشش کرتے رہے۔ میں نے زندگی کا بہت سا حصہ انہیں آزمانے پر صرف کر دیا، آخر اتنے بڑے نقصان کی کچھ تو تلافی ہونی چاہیے۔

ماحول کے انتخاب میں بھی میری پسند شامل نہیں تھی۔ میں جس گلی میں چلتا وہ آگے جا کر بند ہو جاتی۔ سارے راستے گھوم پھر کر واپس آ جاتے۔ میں نے اپنے ماحول کے درمیان مطابقت پیدا کرنے کی بہت کوشش کی مگر وہ اتنا تنگ اور سخت تھا کہ میں بار بار اس کی خلاف ورزی کے جرم میں پکڑا جاتا اور تنہائی کے زنداں میں ڈال دیا جاتا۔ ادھر میرے پیدا ہونے سے پہلے ہی ساری اچھی اور خوبصورت چیزوں پر لوگوں نے قبضہ کر لیا تھا۔ مجھے جو چیز بھی پسند آتی اس پر پہلے سے کسی اور کے نام کی مہر لگی ہوتی۔ میں جس سکول میں پڑھنا چاہتا تھا اس میں مجھے داخلہ نہ ملا۔ میں جو پیشہ اختیار کرنا چاہتا تھا اس میں میرے لئے گنجائش نہ نکلی۔ میں جو چیز ایجاد کرنا چاہتا تھا وہ لوگوں نے میرے ہوش سنبھالنے سے پہلے ایجاد کر لی تھی۔ میں جو کچھ سوچتا، وہ کہیں نہ کہیں پہلے سے سوچا جا چکا ہوتا۔ یہاں تک کہ مجھے جو لڑکی پسند آئی وہ بھی

وہ نہ تھی، جسے دیکھ کر مجھے اپنے پیدا ہونے والے بچوں کی صورتیں نظر آنے اور قلقاریاں سنائی دینے لگتی تھیں۔ ہم ایئر کنڈیشنڈ ریسٹورنٹ کے خوبصورت کیبن میں کھانے پینے کی بہت سی چیزیں سامنے رکھے گھنٹوں باتیں کرتے۔ وہ بہت کم کھاتی تھی۔ میرا جی چاہتا کہ وہ میری منگائی ہوئی ساری چیزیں چٹ کر جائے میرا تو یہ بھی جی چاہتا میں خود چائے کی پیالی میں حل ہو کر گھونٹ گھونٹ اس کے حلق سے اتر جاؤں۔ سات برس بعد ایک روز کہنے لگی:

"آپ بہت اچھے ہیں بالکل امجد کی طرح پر لطف باتیں کرتے ہیں۔ وہ اگلے ماہ امریکہ سے ہمیشہ کے لئے لوٹ رہا ہے۔ آپ ہماری شادی پر آئیں گے نا۔"

میں اس سے شادی کرنا چاہتا تھا لیکن اس کی شادی امجد سے اور میری اس کی بجائے عذرا سے ہو گئی اور اس کے بچے مجھے ماموں ماموں کہہ کر پکارنے لگے۔ تاہم میرا خیال تھا میں نے عذرا سے شادی کر کے ایک ہی چھلانگ میں اپنے بہت سے مسائل حل کر لئے ہیں اور واقعی میرے بہت سے مسائل حل ہو بھی ہو گئے لیکن ایک اور مسئلہ پیدا ہو گیا کیوں عذرا! تم اپنا بیان بھی نہیں دو گی؟

"کیوں نہیں ڈارلنگ! میں تم سے شرمندہ ہوں۔ کاش میں تمہیں وہ سارے برس لوٹا سکتی جو تم نے میری حراست میں گزارے لیکن یقین کرو ڈیئر میں بے حد مجبور تھی۔ تم اتنے اچھے تھے کہ مجھے ہر وقت تمہارے چوری ہو جانے کا دھڑکا لگا رہتا تھا مجھے اچھی طرح یاد ہے جب میں خوشبوؤں میں بسی زیور تعلیم کی بجائے سونے کے زیورات سے لدی پھندی اور لاکھوں کے جہیز میں لپٹی لپٹائی تمہاری بانہوں میں آئی تھی تو تم کتنے خوش تھے تم نے اس رات راشدہ کی ساری فاحشہ

یادوں کو کمرے سے باہر نکال دیا تھا اور ایک بار بھی باہر جھانک کر نہیں دیکھا تھا لیکن شک کی چیونٹیاں میرے بدن پر برابر کاٹتی رہیں جس روز دیگیں چڑھیں اور قورمے اور بریانی کی اشتہا انگیز مہک ننگے بدن گلیوں میں پھرنے لگی تو تم نہایت مسرور اور مطمئن تھے کہ تمہارے ذہن سے بھاگے ہوئے تصورات، گلی گلی بھیک مانگتے اور لوگوں کی جیبیں کاٹتے آوارہ گرد بچوں کی طرح گھر لوٹ آئے تھے لیکن مجھے لگتا تھا کہ ماضی کی یادیں تمہارے چاروں طرف آلتی پالتی مار کر بیٹھی رہتی ہیں اور تمہیں ایک لمحہ کے لیے بھی تنہا نہیں چھوڑتیں۔"

"میں بے حد شرمندہ ہوں ڈارلنگ کہ شادی کے چند ہی دنوں بعد ایک ایک کر کے میرے وجود سے فالتو اور مصنوعی چھلکے اترنے لگے اور میرے اندر سے چیختی چلاتی بات بات پر روٹھتی۔ الزام تراشیاں کرتی۔ طعنے مہنے دیتی اور اپنے میکے کی امارت و ثروت کی دھونس جماتی اصلی اور خالص عذرا نکل آئی تھی۔"

"مجھے یہ بھی یاد ہے کہ تمہیں بچوں کی شدید خواہش تھی لیکن میں نے تم سے چھپایا کہ شادی سے پہلے میرا ایک ایسا آپریشن ہو چکا تھا کہ اب میں ماں نہیں بن سکتی تھی۔ آئی ایم سوری میں نے تمہیں کئی برس دھوکے میں رکھا۔ تم نفلی نمازیں، دعائیں اور وظیفے پڑھتے، ڈاکٹروں حکیموں کا علاج اور پیروں فقیروں کے تعویذ گنڈے کرتے کراتے رہے۔ اور میں تمہیں کئی برس جھوٹی تسلیاں دیتی اور ٹالتی رہی مگر بالآخر مجھے اصل بات بتانا ہی پڑی، جس کے بعد تم اداس ہی نہیں ناراض بھی رہنے لگے اور تمہاری اداسی اور ناراضی دیکھ کر مجھے تمہارے بھاگ جانے اور چوری ہو جانے کا خوف اور زیادہ لگنے لگا تھا اور حالانکہ میں نے تمہارے گلے میں جہیز کا

طوق اور پاؤں میں بھاری حق مہر کی بیڑیاں ڈال رکھی تھیں اور ایجاب و قبول کے الفاظ کی کھونٹیاں گاڑ کر تمہارے چاروں طرف اپنے وجود کا خیمہ مضبوطی سے گاڑ لیا ہوا تھا۔ پھر بھی مجھے دھڑکا لگا رہتا تھا کہ تم میری حراست سے فرار نہ ہو جاؤ۔"

می لارڈ! آپ نے سنا، میں برسوں عذرا کی قید میں رہا ہوں۔ اگر اسیری کے ان برسوں کو میری عمر سے منہا نہ کیا گیا تو یہ بہت بڑی ناانصافی ہو گی۔ ہاں یہ درست ہے کہ فرار ہونے کے لئے چور راستے بھی ہوتے ہیں اور میں ہر رات عذرا کے پہلو میں اپنے جسم کی کینچلی چھوڑ کر فرار ہو جاتا لیکن میں کہیں دور نہیں جاتا تھا۔ وہ ماں بیٹا مجھے پروجیکٹر کی سلائیڈ کی طرح اپنے بیڈ روم کی دیوار پر نظر آ جاتے تھے۔

جب کبھی میں تنہا ہوتا یا عذرا محو خواب ہوتی۔ وہ عورت مجھے اپنے کم سن بچے کے ساتھ ایک ٹیلے پر کھڑی نظر آتی۔ وہ ایک ایسا نغمہ تھی جس میں بیک وقت کیف وانبساط اور رنج و محن کے جذبات پیدا کرنے کی تاثیر تھی۔ اسے دیکھ کر میں کبھی خوشی کے ترو تازہ ٹھنڈے میٹھے پانیوں میں غوطے لگاتا کبھی اداسیوں کے لق و دق صحرا میں پیاس کے مارے ایڑیاں رگڑتا۔ کبھی کبھی میں اٹھ کر دیوار کے پاس چلا جاتا تو بچہ مجھے دیکھ کر ماں کی گود میں ہمکنے اور قلقاریاں مارنے لگتا۔ پھر جب میں بچے کو پیار کر رہا ہوتا وہ عورت پاس ہی کھڑی ہم دونوں کو مامتا اور محبت سے لبریز نظروں سے دیکھتی اور اپنی پھٹی پرانی اوڑھنی سے خوشی کے آنسو پونچھتی۔ اس کا تار تار لباس اور جسم پر جا بجا خراشوں کے نشان ویرانے کی صعوبتوں کی غمازی کرتے پھر دور سے کسی خونخوار درندے کی آواز سنائی دیتی تو وہ خوف زدہ ہو کر مجھ سے لپٹ جاتی۔ اسی لمحے عذرا کی چیخ جیسی آواز گھر بھر میں گونجتی اور میرے ہونٹ جو ابھی

ابھی محبت کے زمزم سے تر ہوتے اچانک خشک ہو جاتے اور منہ میں ریت بھر جاتی۔

اس عورت کو دیکھ کر میرا جی چاہتا کاش میں اس کے بطن سے جنم لے سکتا۔ کبھی کبھی مجھے خیال آتا کہ شاید وہ عورت میری اصلی ماں تھی میں جس کے بطن سے جنم نہیں لے سکا تھا۔ اور وہ بچہ شاید میں خود تھا جو پیدا نہ ہو سکا۔ آپ نے اندازہ کر لیا ہو گا کہ عذرا کی معیت میں گزارے ہوئے مہ و سال کسی طرح بھی میرے اپنے نہیں تھے اور انہیں میرے حساب میں ہرگز شمار نہیں کرنا چاہیے۔ سوائے ان چند لمحوں کے جب جب میں نے اس کے پہلو میں لیٹے لیٹے ٹیلے پر کھڑی عورت کے کم سن اور خوبصورت بچے کو پیار کیا۔

اور آپ کو اس بات کا اندازہ بھی ہو گا کہ جب میں نے ہوش سنبھالا تو ساری اچھی جگہوں، خوبصورت آبادیوں اور بر محل شاپنگ سنٹروں کی الاٹ منٹیں ہو چکی تھیں اور لوگوں نے ہر جگہ اپنے اپنے نام کی تختیاں آویزاں کر رکھی تھیں۔ مجھے جو مکان بھی رہنے کے لئے پسند آتا وہ کسی دوسرے کی ملکیت ہوتا۔ مجھے ہمیشہ اپنی مرضی اور پسند کے خلاف کام کرنا پڑتا۔ میں ہر روز ایسے افسروں کی شکلیں دیکھتا، ان کے احکامات بجالانے کی اذیتیں اٹھاتا جن کی صورتوں سے مجھے گھن آتی تھی۔۔ میں اپنے جائز حقوق کے لئے آواز اٹھاتا تو مجھے بتایا جاتا کہ مجھے میری صلاحیتوں کے مطابق معاوضہ ملتا ہے لیکن میرے ذہن میں ہر وقت یہ سوال کلبلاتا رہتا کہ مجھے بہتر صلاحیتیں کیوں ودیعت نہیں کی گئیں۔

عالی جناب! مجھے ایسے لوگوں کے درمیان زندگی کے قیمتی دن بسر کرنا پڑے جو

کسی نہ کسی چیز کے مالک بننا اور سب کچھ سمیٹ لینا چاہتے تھے۔ جس کے ہاتھ جو چیز آ جاتی وہ اس پر سانپ کی طرح کنڈلی مار کر بیٹھ جاتا۔ ایسے اژدر زمین کے ہر ٹکڑے پر، ہر دفتر اور ہر کارخانے میں پھنکارتے پھرتے تھے۔ دکانوں، مکانوں، ہوٹلوں، ریستورانوں، اخباروں، بسوں، کاروں، یہاں تک کہ درختوں اور ان کے سایوں پر بھی ملکیت کی مہر اور کسی نہ کسی سانپ کا پہرا تھا۔ ہوا، پانی اور روشنی پر بھی قبضہ ہو چکا تھا اور راشن مقرر ہو چکا تھا۔ شہر میں خوشیوں، آسانیوں اور زندگی کی سہولتوں کا قحط نہیں تھا لیکن سب پر ملکیت کی مہر لگی ہوئی تھی اور یہ سب ایسے لوگوں کے قبضے میں تھیں جو شاید زیادہ انسان تھے۔ غلامی، ذلت اور اذیت کے ان برسوں کو میرے حساب میں ڈالنا قطعاً قرین انصاف نہیں۔

"دی ٹائم از اوور۔"

نہیں پلیز۔ آپ کو یقیناً مغالطہ ہوا ہے ابھی تو میں نے زندگی کے پرچے کی ابتداء کی ہے۔ ابھی تو میں نے صرف چند سطریں لکھی ہیں۔ اگر آپ نے اپنے اعلان کی تصیح نہ کی تو مارے گھبراہٹ کے میں کچھ نہ لکھ سکوں گا اور پاس مارکس بھی حاصل نہ کر سکوں گا۔ کیا ایسا نہیں ہو سکتا کہ ایک بار پھر سے وقت اور پرچے کی ابتداء کی جائے۔ ویسے بھی ٹیڑھی میڑھی اور ٹوٹی پھوٹی چند سطریں جو میں نے گھبراہٹ میں اب تک گھسیٹی ہیں۔ ان کے ہجے تک درست نہیں۔ آئی ایم ویری سوری سر، میں اب تک رف کرتا رہا ہوں، اگر مجھے ایک بار اور نئی کاپی دے دی جائے تو میں اسی پرچے کو نہایت صاف اور خوشخط لکھ سکتا ہوں۔ مجھے اپنے تجربے سے فائدہ اٹھانے کا ایک اور موقع ملنا چاہیے۔ صرف ایک بار اور نئی کاپی دے

دیجیے۔

صرف ایک چانس اور۔۔ پلیز!!

"دی ٹائم از اوور۔۔ ٹائم از اوور۔"

***

۸

پانی میں گھرا ہوا پانی

چکنی مٹی سے گھوڑے بیل اور بندر بناتے بناتے اس نے ایک روز آدمی بنایا اور اسے سوکھنے کے لئے دھوپ میں رکھ دیا۔۔۔

سخر دوپہر تھی، چلچلاتی دھوپ کے شعلے ویران اور کلر زدہ زمین پر جگہ جگہ رقص کر رہے تھے۔ چاروں طرف ہو کا عالم تھا۔ چرند پرند پناہ گاہوں میں چھپ گئے تھے۔ شرینہہ (سرس) کا بوڑھا پیڑ دھوپ میں چپ چاپ کھڑا جھلس رہا تھا اور زیناں اب تک روٹی لے کر نہیں آئی تھی۔

اس نے گاؤں سے آنے والے راستے پر دور دور تک دیکھا مگر چلچلاتی دھوپ کے سوا اسے کچھ نظر نہ آیا، اس نے چلم کو ٹٹولا وہ گرم تھی، مگر اس نے کش لیا تو اس کے منہ میں جل چکے تمباکو کی بو آئی۔۔۔ وہ اٹھ کر سائے میں آگیا اور زیناں کی راہ دیکھنے لگا۔

ایک مدت سے اس کی خواہش تھی کہ وہ ایک ایسا باوا بنائے جسے کم از کم زیناں دیکھ کر ضرور دنگ رہ جائے اور اس کی کاریگری کی تعریف کرے۔ اس کے ذہن میں جوانی کے دنوں سے ایسے بہت سے لوگوں کی شکلیں اور قامتیں محفوظ تھیں،

جن سے وہ کبھی نہ کبھی متاثر ہوا تھا۔ وہ چاہتا تھا دیکھے ہوئے ان بہت سے چہروں اور جسموں کو توڑ کر ان کے خمیر سے ایک نہایت عمدہ قد و قامت اور چہرے مہرے والا آدمی بنائے جو ہر طرح سے مکمل اور نادر ہو۔ اس نے اپنے ذہن میں اسے کئی بار مکمل کیا تھا مگر بار بار اس کی شکل و صورت اور ساخت اس کے ذہن سے اتر جاتی یا دھندلا جاتی۔ وہ اسے مکمل یکسوئی اور اطمینان سے بنانا چاہتا تھا، لیکن اطمینان نصیب نہ ہوتا تھا اسے ہر گھڑی زیناں کی طرف سے دھڑکا لگا رہتا تھا۔ کئی بار اس نے کوشش بھی کی مگر پھر اسے ادھورا چھوڑ دیا۔

کبھی ایسا ہوتا کہ اسے اس وقت یاد آتا جب مٹی کم ہوتی یا اچھی نہ ہوتی اور کبھی اس وقت جب وہ رات کو کھلے آسمان کے نیچے چارپائی پر لیٹ کر حقہ گڑ گڑا رہا ہوتا۔ مگر آج گھوڑے، بندر اور بیل بناتے بناتے اچانک اس کے دل میں درد زہ کی سی ٹیس اٹھی اور اس نے اسے بنایا اور سوکھنے کے لئے دھوپ میں رکھ دیا۔

بیٹھے بیٹھے اس نے شرینہہ کی سوکھی ہوئی پھلی لے کر مروڑی اور بیج نکال کر گننے لگا، اسے خیال آیا کہ بوڑھے شرینہہ کے سوکھنے یا ٹوٹ جانے سے پہلے دوسرا شرینہ اگا دینا چاہیے لیکن پھر وہ کسی انجانے خیال سے اداس ہو گیا۔ اسی لمحے زیناں روٹی لے کر آ گئی، اس نے ہمیشہ کی طرح اطمینان کا سانس لیا پھر گھڑے سے پانی کا پیالہ بھرا اور منہ ہاتھ دھونے لگا۔ زیناں اس کے سامنے بیٹھ کر دوپٹے کے پلو سے پنکھا کرنے اور نظر نہ آنے والی مکھیاں اڑانے لگی پھر بولی،

"تمباکو نہیں ملا۔۔۔ دکان والا پچھلے پیسے مانگ رہا تھا۔۔۔ تم کہو تو رمجے سے کچھ۔۔۔!"

"نہیں۔" اس نے چھاچھ کا پیالہ خالی کر کے رکھتے ہوئے کہا، "میں شام کو آکر خود اس سے بات کر لوں گا فی الحال ایک آدھ چلم ہے کام چل جائے گا۔"

"میں تو کہتی ہوں۔" زیناں شرینہہ کی ڈالیوں سے چھن چھن کر آنے والی دھوپ کو ہاتھ کی پشت پر روک کر بولی، "دوپہر کو گھر آجایا کرو۔۔۔ درخت بوڑھا ہو گیا ہے اور لوگوں نے اس کی ٹہنیاں کاٹ کاٹ کر اسے اور بھی ٹنڈ منڈ کر دیا ہے۔"

"یہ بڑا برکت والا ہے۔" اس نے کہا، "یہ نہ ہوتا تو بدھائی مانگنے والوں کو گھر تلاش کرنے میں دقت پیش آتی، سارے گاؤں میں یہی ایک تو شرینہہ ہے۔"

وہ روٹی کھا چکا تو وہ برتن سمیٹنے لگی۔ اچانک اسے کچھ یاد آیا اور وہ بے قراری سے بولا۔

"زیناں میں نے آج ایک کمال کی چیز بنائی ہے۔"

"کیا؟"

"بوجھو تو۔"

"مرتبان" وہ بولی، "تم نے اچھا کیا جب بھی لسی مانگنے جاتی ہو چودھرانی مرتبان کا ضرور پوچھتی ہے۔"

"وہ بھی بنادوں گا لیکن یہ ایک دوسری چیز ہے۔"

"اچھا اچھا۔" وہ ہنس پڑی۔ "مجھے پتہ چل گیا، جھانواں۔"

وہ بھی ہنس پڑا کہنے لگا، "جھانواں تو نہیں پر ایک لحاظ سے جھانواں ہی سمجھو کیونکہ اس میں عقل تمیز نہیں ہے۔۔۔ میں نے باوا بنایا ہے۔"

"باوا؟"

"ہاں باوا اور ایسا بنایا ہے کہ بس جان ڈالنے کی کسر رہ گئی ہے تم دیکھو گی تو حیران رہ جاؤ گی کہ دنیا میں تم سے زیادہ خوبصورت چیزیں بھی ہیں یا بنائی جا سکتی ہیں۔"

"اچھا چلو دکھاؤ۔" وہ اشتیاق سے بولی۔

وہ اسے لے کر وہاں آیا جہاں اس نے ساری چیزیں دھوپ میں سوکھنے کے لئے رکھی تھیں مگر وہ یہ جان کر پریشان ہو گیا کہ گھوڑے، بیل، بندر اور دوسری سب چیزیں جوں کی توں پڑی تھیں مگر آدمی وہاں نہیں تھا۔ اس نے چاروں طرف نگاہ دوڑائی دور دور تک چلچلاتی دھوپ اور چمکتا ہوا کلر پھیلا ہوا تھا کہیں آدمی نہ آدم زاد۔۔۔ پرندے تک گھونسلوں اور درختوں کی گھنی شاخوں کی تلاش میں نکل گئے تھے۔ وہ پریشان ہو گیا۔

"پتہ نہیں آدمی کدھر گیا۔"

"سو بار کہا ہے۔" زیناں بولی، "دوپہر کے وقت آرام کر لیا کرو مگر تم مانتے ہی نہیں، مجھے ڈر ہے کسی روز تم سچ مچ سودائی ہو جاؤ گے۔"

"تمہیں یقین نہیں آیا۔" وہ شکایت آمیز لہجے میں بولا، "خدا کی قسم میں نے تمہارے آنے سے ذرا پہلے اسے خود اپنے ہاتھوں سے بنایا، آنکھوں سے بنا ہوا دیکھا اور یہاں رکھا تھا اور ابھی تو وہ اچھی طرح سے سوکھا بھی نہیں تھا۔"

"کہیں چلا گیا ہو گا۔" زیناں نے ہنستے ہوئے کہا۔ "کیا پتہ تمہارے لئے تمبا کو لینے گاؤں چلا گیا ہو۔"

اس نے نظریں جھکا لیں اور نڈھال نڈھال سا شرینہہ کے نیچے آگیا، زیناں کچھ دیر خاموش رہی پھر ناخنوں سے درخت کے تنے کی کھال کھرچتے ہوئے بولی۔

"تو تم نے سچ مچ باوا بنایا؟"

"تو اور کیا، میں تم سے جھوٹ بول سکتا ہوں؟"

"اگر ایسا ہے تو مجھے ڈر لگ رہا ہے۔" زیناں بولی، "تم گھر چلو۔۔۔ دیکھو یہ وقت ٹھیک نہیں ہوتا، ویسے بھی یہ سنسان جگہ مجھے تو پکی معلوم ہوتی ہے۔ ایک دن میں واپس جارہی تھی تو ٹبے کے پاس سے مجھے ایسا لگا جیسے کسی نے میرا نام لے کر پکارا ہو۔۔۔ میں نے تمہیں نہیں بتایا تھا کہیں تم غلط نہ سمجھو۔۔۔ اللہ کی مخلوق۔"

وہ کچھ کہتے کہتے رک گئی، پھر بولی،

"پتہ ہے ایک بار ابا گدھے پر سوار کہیں جارہا تھا اس نے دیکھا اس کے آگے آگے ایک اور شخص بھی گدھے پر سوار جارہا ہے پھر دونوں غائب ہو گئے آدمی بھی اور گدھا بھی۔"

ابا نے اتر کر دیکھا وہاں تک گدھے کے پاؤں کے نشان تھے جہاں سے وہ غائب ہوا تھا۔

"میں ایسی باتوں کو نہیں مانتا۔" وہ بولا اور پھر انہوں نے باوے کا کیا کرنا تھا؟

"اللہ جانے۔۔۔ میں تو کہتی ہوں گھر چلے چلو۔"

"نہیں زیناں۔۔۔ میں گھر میں چھپ کر کب تک بیٹھ سکتا ہوں اور پھر تمہیں پتہ ہے مجھے گاؤں میں آکر وحشت ہوتی ہے۔ پورے گاؤں میں ایک بھی آدمی ایسا نہیں ہے جو مجھے آدمی سمجھتا ہو۔ لے دے کے ایک رمجا ہے وہ بھی تمہاری وجہ۔۔۔

"

"ایسی باتیں نہ کیا کرو دتے؟" وہ اداس لہجے میں بولی، "مجھے پتہ ہے کہ تم نفرتوں کے ستائے ہوئے اور کئی پشتوں سے محبت کے لئے ترسے ہوئے ہو، لیکن میں جو ہوں۔۔۔ میری طرف دیکھو۔۔۔ میں بھی تو ہوں۔۔۔ تم تو پھر دن بھر کھلونوں سے کھیلتے رہتے ہو۔"

"اور تم نے جو اتنے سارے گھگھو گھوڑے پڑچھتی پر سجا کر رکھے ہیں؟"

"ہاں رکھے تو ہوئے ہیں مگر کیا فائدہ؟"

"لیکن تمھیں رب نے اتنا حسن دیا ہے کہ تم محض شیشہ دیکھ کر بھی وقت گزار سکتی ہو۔"

زیناں کی سمجھ میں نہ آیا روئے یا اترائے۔ کچھ دیر چپ رہ کر بولی، "دتے تم پانی میں گھرے ہوئے پانی ہو اور میں آگ میں گھری ہوئی آگ۔ تمھیں کیا پتہ آگ کیا ہوتی ہے؟ تم آوی میں چیزیں پکاتے ہو لیکن تم نے خود آوی میں پک کر کبھی نہیں دیکھا۔"

"میں تو تمھیں پہلے ہی ناری سمجھتا ہوں۔"

"نہ اڑیا۔۔۔ مجھے خاکی ہی رہنے دے۔۔۔ میں تو ایک بھینس اور ایک گدھی کے عوض۔"

"بھینس اور گدھی کا ذکر بار بار نہ کیا کرو اگر میرے پاس قارون کا خزانہ ہوتا اور تم مجھے اس کے بدلے مل جاتیں تو بھی میں خود کو خوش قسمت سمجھتا۔"

"ذکر کیوں نہ کیا کروں۔۔۔ بھینس اب تیسرے چوتھے سوئے میں ہوتی اور

گدھی۔"

"تم نہ آتیں تو میرا کیا بنتا۔۔۔ برادری والوں نے تو غریب سمجھ کر صاف جواب دے دیا ہوا تھا۔۔۔ میرا جنازہ"

"ہاں تمہاری روٹی کون پکاتا۔۔۔ کپڑے کون دھوتا اور تمہارا جنازہ کیسے جائز ہوتا؟" وہ اداس اور پریشان ہو گئی۔

وہ بولا، "اب تم گھر چلی جاؤ۔۔۔ میں اسے تلاش کرتا ہوں۔"

"دوسرا بنالو۔" وہ برتن اٹھاتے ہوئے بولی، "آخر ایک باوا ہی تو تھا۔"

"دوسرا تو میں کسی بھی وقت بنالوں گا۔" اس نے جواب دیا، "لیکن پہلا کدھر گیا۔"

"ہاں تم ٹھیک کہتے ہو وہ پہلا والا کدھر گیا۔"

"عجیب بات ہے پہلے کبھی ایسا نہیں ہوا۔۔۔ کچھ سمجھ میں نہیں آتا۔"

"کاش میں تمہاری کوئی مدد کر سکتی لیکن میری تو اپنی سمجھ میں کچھ نہیں آ رہا، اللہ اپنا فضل کرے۔۔۔ اچھا میں جاتی ہوں۔"

وہ اٹھ کر چل دی۔۔۔ وہ اسے جاتے ہوئے دیکھتا رہا، گم صم کھڑا رہا۔ جب وہ ٹبے کے پاس پہنچ گئی تو اس نے اسے آواز دی۔

"زیناں۔۔۔ کسی سے اس کا ذکر نہ کرنا۔"

مگر زیناں نے مڑ کر نہیں دیکھا۔ پتہ نہیں وہ مڑ کر دیکھنا نہیں چاہتی تھی یا آواز کی سرحد پار کر چکی تھی اسے پشیمانی ہونے لگی۔ اس نے زیناں کو پہلے کیوں تاکید نہ کر دی کہ وہ کسی سے اس کا ذکر نہ کرے، لوگ اسے پہلے ہی بیوقوف اور حقیر جانتے

تھے، نئی بات سن کر اور ہنسی اڑائیں گے اور اس کا جینا دو بھر کر دیں گے۔ پھر اس نے چشم تصور سے دیکھا زیناں گلی کے موڑ پر کسی سے باتیں کر رہی تھی۔

"ر مجے۔۔۔ تیرے بھائیے نے آج آدمی بنایا۔"

"آدمی بنایا؟"

"ہاں اور وہ غائب ہو گیا۔"

"کون بھائیا؟"

"نہیں آدمی۔"

"بھائیا بھی تو آدمی ہے۔۔۔ کہو ہے کہ نہیں۔"

"ہے۔۔۔ مگر اس نے باوا بنایا تھا۔"

"دیکھ زینی۔۔۔ بجھارتیں نہ ڈالا کر۔۔۔ بھائیے کا باوا گم ہو گیا ہے تو تو اسے دوسرا بنا دے تو بھی تو کاریگرنی ہے۔"

اس نے کانوں میں انگلیاں ٹھونس لیں ورنہ زیناں پتہ نہیں کیا کہہ دیتی۔ شام کو وہ گاؤں پہنچا تو اس کا خدشہ درست ثابت ہوا، سارے گاؤں میں باوے کے گم ہو جانے کی خبر پھیل چکی تھی۔

تنور، چوپال، مسجد اور بڑی دکان پر ہر جگہ لوگ اس کی سادگی اور بیوقوفی پر ہنستے اور وہ جدھر سے گزرتا اسے چھیڑتے۔

"سنا ہے دتے۔۔۔ تیرا بندہ گم ہو گیا ہے؟"

"یار دتے۔۔۔ بڑا افسوس ہے تو نے ساری عمر میں صرف ایک باوا بنایا تھا وہ بھی چیل اٹھا کر لے گئی۔"

مولوی صاحب نے لاحول پڑھ کر کہا، "جب شرک کے کام کروگے تو ایسا ہی ہو گا۔ کم بخت بت بناتے ہو، یاد رکھو، اللہ ایسے لوگوں کی مت مار دیتا ہے۔"

اسے بے حد رنج ہوا۔۔۔ زیناں کو ایسا نہیں کرنا چاہیے تھا۔ اسے زیناں پر بہت غصہ آیا مگر وہ ضبط کر گیا۔ اسے پہلے ہی دھڑکا لگا رہتا تھا کہ وہ اس سے روٹھ نہ جائے اس کے پاس زیناں کو اپنے پاس رکھنے کے لئے کچھ بھی تو نہیں تھا۔ پتہ نہیں کاغذ کی یہ ناؤ اب تک کیسے سلامت تھی۔ وہ ہر روز گھر آتا اور اسے گھر میں پا کر متعجب ہوتا تھا۔۔۔ اسے دوپہر کو اکثر شبہ رہتا تھا لیکن وہ خلاف توقع ہر روز روٹی لے کر آ جاتی تھی۔ باوے والی بات پر اس نے گاؤں والوں کی پھبتیاں، طعنے اور باتیں سنیں اور برداشت کیں اور بظاہر ایسا رویہ اختیار کر لیا جیسے وہ زیناں اور گاؤں والوں سے خود مذاق کر رہا تھا مگر اندر ہی اندر اس کے دل میں گرہ سی پڑ گئی اور اسے عجیب طرح کی چنتا لگ گئی، آخر وہ کدھر گیا؟ کون لے گیا؟

زیناں کو اس کی بات کا یقین آ گیا اور وہ جلد ہی بھول گئی۔ لوگ بھی بھول گئے مگر وہ پریشان اور اداس رہنے لگا اس کی سمجھ میں نہیں آتا تھا کہ جب اس کے اور زیناں کے سوا وہاں کوئی نہیں آیا تھا تو وہ کدھر گیا۔ زیناں اس سے پریشانی اور اداسی کا سبب پوچھتی تو وہ اسے ادھر ادھر کی باتوں میں ٹال دیتا۔

وہ گھگھو گھوڑے بناتا اور آوی میں پکاتا اور زیناں سر پر کھاری رکھے آس پاس کے دیہاتوں میں گلی گلی گھومتی اور کھلونے بیچتی رہی۔۔۔ شرینہہ کی ٹہنیاں کٹ کٹ کر گاؤں کے مختلف دروازوں پر سجتی رہیں۔ بہت سا وقت گزر گیا مگر اس کی الجھن دور نہ ہوئی۔

اس دوران اس نے شہر جا کر جیوتشی سے پوچھا۔۔۔ سائیں بہار شاہ کے میلے پر طوطے سے فال بھی نکلوائی اور پیر ہدایت اللہ سے تعویذ بھی لیا مگر اس کی الجھن دور ہوئی نہ اس کے ذہن سے باوے کا خیال محو ہوا کئی بار اس نے سوچا کہ وہ پھر سے بنا لے۔۔۔ سامنے بیٹھ کر سکھائے اور پکائے لیکن یہ سوچ کر اسے ہول آتا تھا کہ اگر وہ اس کے دیکھتے دیکھتے غائب ہو گیا تو؟

اس نے ہر پور میں سے اچھے اچھے کھلونے نکال کر گھر کی پڑچھتی پر محفوظ کئے ہوئے تھے اگر باوا پڑچھتی پر پڑا پڑا غائب ہو گیا تو وہ سچ مچ پاگل ہو جائے گا اور زیناں تو خوف اور دہشت کے مارے بیہوش ہو جائے گی اور گھر کے در و دیوار سے خوف کھانے لگے گی۔

موسم آتے جاتے رہے۔ رتیں بدلتی رہیں۔ بہار کے موسم میں نئی کونپلیں پھوٹتی رہیں اور برسات کے دنوں میں بادل امنڈ امنڈ کر آتے رہے۔ پھر ایک موسم برسات میں آسمان سے اس قدر پانی برسا کہ جل تھل ایک ہو گیا۔ سیلاب کا پانی اترا تو کلر زدہ زمین پر جا بجا گھاس اور طرح طرح کی بوٹیاں اگ آئیں۔

ایک ایسی صبح کو جب منڈیروں پر کوے کلول کر رہے تھے اور چڑیاں چہچہا رہی تھیں دتے کے گھر سے چلم کے لئے جلائے گئے اپلوں کا دھواں اور زیناں کی چیخیں ایک ساتھ بلند ہوئیں جو تھوڑی دیر بعد گھنگھریالے قہقہوں میں تبدیل ہو گئیں۔۔۔ اور اسے پتہ چلا کہ اس کے گھر کے آنگن میں ایک ننھا سا شرینہہ اُگ آیا ہے۔ پتہ نہیں شرینہہ کے بیج کب اور کیسے گھر میں آئے تھے۔ کیا خبر بیجوں کی کوئی پھلی زیناں کی کھاری یا چنگیر میں آ گئی ہو، کوئی بیج اس کے اپنے جوتوں کے ساتھ چپک کر

وہاں پہنچ گیا ہو یا پھر ہوا کے جھونکے اسے اڑا لائے ہوں۔

"شریںہہ برکت والا درخت ہے۔" اس نے سوچا۔ "اور اس کی نسل گاؤں میں ختم نہیں ہوئی بوڑھا شریںہہ ابھی کھڑا تھا کہ دوسرا اُگ آیا۔"

پڑچھتی پر رکھے ہوئے کھلونوں کی گرد صاف کی گئی اور گھر کے اندر سارے فرش پر گوبر کا لیپ کیا گیا۔

زیناں ٹھیک ہو گئی اور کام کاج کرنے لگی تو وہ بھی ایک صبح کام پر روانہ ہوا۔ زیناں نے کہا، "دوپہر کو گھر آجانا دتے۔۔۔ وہاں رہنا ٹھیک نہیں۔"

"کیوں ٹھیک نہیں؟"

"تمہیں یاد ہے وہ باوا؟"

"باوا؟" وہ چونک پڑا۔

"ہاں وہی باوا۔۔۔ جس کے غم میں تم اتنا عرصہ اداس اور پریشان رہے۔"

"تو تم جانتی ہو؟"

"ہاں۔"

"اور تمہیں یقین ہے میں نے بنایا تھا۔"

"ہاں مجھے یقین ہے کہ پورے گاؤں میں ایک ہی ایسا آدمی ہے جو ان چیزوں سے بھی محبت کر سکتا ہے جو اس نے نہ بنائی ہوں۔"

اس نے پھٹی پھٹی نظروں سے زیناں کی طرف دیکھا اور اوزار اٹھا کر باہر نکل گیا۔

***

۹

وقت سمندر

قلعہ نما عالی شان عمارت کے اندر داخل ہوتے ہی میرے قدم رک جاتے ہیں۔ میں اس منظر کی تاب نہیں لا سکتا اور آنکھیں بند کر لیتا ہوں مگر پھر آنکھیں کھولتا ہوں تو کچھ دکھائی اور سجھائی نہیں دیتا اور کچھ پتہ نہیں چلتا کہ کون سا وقت اور مقام ہے۔

دن ہے نہ رات۔۔

اندھیرا ہے نہ اجالا۔۔

طلوع ہے نہ غروب۔۔

موت ہے نہ حیات۔

شاید اس کے بین بین کوئی کیفیت یا سمے ہے یا اس سے ماورا۔۔

کچھ اندازہ نہیں ہو رہا کہ کون سا زمانہ ہے یوں لگتا ہے جیسے آگے پیچھے دائیں بائیں پانی ہی پانی ہے

بے رنگ بے بو اور بے ذائقہ پانی۔۔ جو گرم ہے نہ سرد اور جس کے حرکت کرنے یا رکے ہوئے ہونے کا بھی پتہ نہیں چل رہا مگر یقیناً وہ حرکت کر رہا ہو گا اور

میں اس میں بہہ رہا ہوں گا۔ پانی کی سلطنت میں ڈوبنے یا بہنے کے سوا چارہ بھی کیا ہے۔ مگر میں نے تو کسی بھی مقام سے اس میں اپنی بے پتوار کشتی نہیں ڈالی پھر میں اس میں کب اور کیسے شامل ہو گیا اور اب پتہ نہیں کب تک بہتا چلا جاؤں۔ مسلسل بہتے چلے جانے کی ایک جیسی کیفیت کا تصور کر کے میں گھبرا جاتا ہوں اور پوچھتا ہوں۔

"کنارا کب آئے گا؟"

"یہاں کنارا نہیں ہوتا۔"

"تمہارا مطلب ہے بہت وسیع سمندر ہے اور کنارے پر پہنچنے کے لیے ابھی بہت دیر لگے گی۔"

"یہاں تمہارے سارے الفاظ بہت وسیع، سمندر، کنارا، پہنچنا، ابھی، بہت، اور دیر بے معنی ہیں۔"

"تو کیا ہمیں کہیں نہیں پہنچنا ہے؟"

"یہاں پہنچنا اور نہ پہنچنا برابر ہے۔"

"اور اگر میں واپس جانا چاہوں؟"

"یہاں آگے اور پیچھے، دائیں اور بائیں اوپر اور نیچے کا کوئی فرق نہیں۔ یہاں سمتیں ہیں اور نہ نشیب و فراز۔"

"پھر کیا ہے؟"

"ایک تسلسل، ایک دوام، ایک بے پایانی اور لامحدودیت۔"

"تو کیا ہم زمان و مکان سے ماورا کسی مقام پر ہیں؟"

"مقامیت کا تصور یہاں عبث ہے۔"

"تو کیا میں ابدیت کے سمندر میں فنا ہو چکا؟"

"نہیں تم فنا نہیں ہوئے سمندر میں مل کر سمندر ہو گئے ہو۔"

"میں سمندر میں مل کر سمندر نہیں ہونا چاہتا۔ میں اپنی پہچان نہیں کھونا چاہتا۔

"

"پہچان یہاں ایک بے معنی اصطلاح ہے اوس، بوند، جھاگ، لہر، موج، حباب اور قطرے کا الگ کوئی وجود نہیں ہوتا سب سمندر کی ہی مختلف صورتیں ہیں تم موج بھی ہو اور دریا بھی۔ قطرہ بھی ہو اور سمندر بھی۔"

سمندر میں مل کر سمندر ہو جانے کے خیال سے مجھے وحشت ہونے لگتی ہے۔ میں چاروں طرف نگاہ دوڑاتا ہوں مگر حد نظر تک پھیلے پانی میں باہر کا کوئی راستہ دکھائی نہیں دیتا۔

مجھے اپنا سمندر یاد آتا ہے۔

مجھے وہ دن یاد آتے ہیں جب ہم اس کے اتھلے پانیوں میں بے سدھ پڑے دھوپ چوستے اور ہوا پھانکتے رہتے تھے کہ لاکھوں برس بعد ایک روز سانس لینے کی امنگ پیدا ہوئی اور ہم عدم سے وجود میں آئے تھے۔ مجھے وہ دن یاد آتے ہیں جب ہم سمندر کی کوکھ سے نکل کر رینگتے ہوئے خشکی کی طرف چلے جاتے تھے لیکن سورج کی تمازت اور بے پانی کی ہوا سے ہمارا دم گھٹنے لگتا اور ہم واپس اس آغوش میں پناہ لیتے تھے۔ پھر ایک روز ہم باہر آئے تو ہمیں واپسی کا راستہ نہ ملا۔ شاید سمندر ہمیں چھوڑ کر پیچھے ہٹ گیا تھا۔ یا شوق مہم جوئی میں، جو ہماری گھٹی میں پڑا تھا۔ ہم

اس سے دور نکل آئے تھے۔ پھر ہم دلدلوں اور جھاڑیوں میں رہنے لگے تھے۔ ہم جھیلوں، تالابوں اور دریاؤں سے دور نہ جاتے تھے۔ اور آسمان بارش کی صورت میں سمندر انڈیلتا تو ہم خوشی سے ناچ اٹھتے تھے پھر نجانے ہم نے کیا کیا صورتیں بدلیں اور کیسی کیسی صعوبتیں اٹھائیں اور کہاں کہاں بھٹکتے پھرے۔ ہم اس سے دور چلے جاتے تھے لیکن اس نے ہمیں کبھی فراموش نہیں کیا۔ وہ ہر جگہ اپنی پانی سے لدی ہوائیں ہمارے لیے بھیجتا رہا۔ میدانوں، پہاڑوں، وادیوں اور صحراؤں میں ہم جہاں بھی گئے اس نے اپنے قیمتی تحفوں کا سلسلہ جاری رکھا اور ہماری سرپرستی کرتا رہا۔ ہمارے لیے زمین سے اناج اور سبزہ اگاتا اور درختوں کی پور پور میں نمی پہنچاتا رہا۔

مجھے یاد آتا ہے۔

میں جب کبھی اداس ہوتا اپنے اندر سے نکل کر اس کے کنارے جا بیٹھتا اور ساحل کی طرف آتی موجوں اور نظروں سے اوجھل ہوتی کشتیوں کو دیکھتا رہتا تھا۔ پانی مجھے ہمیشہ مسحور کرتا رہا ہے اسے دیکھتے رہنے سے میری اداسی دھلنے لگتی تھی۔ اس کی عظمت اور وسعت کا تصور مجھے تقویت دیتا۔ وہ عظیم اور مہربان تھا۔ سینکڑوں دریا دن رات اس کے اندر منہ ڈالے اپنی طغیانیاں اگلتے رہتے تھے مگر وہ چھلکتا نہیں تھا۔ ہر خطے ہر رنگ اور ہر نسل کے پانی اس میں مل کر ایک ہو جاتے تھے۔ وہ تین چوتھائی زمین پر پھیلا ہوا تھا۔ اس کا آبی خون بادلوں، دریاؤں اور ندی نالوں کے ذریعے زمین کے سارے بدن میں گردش کرتا تھا۔ وہ ہر جگہ اور ہر مقام پر ہمیشہ ہمارے ساتھ رہتا تھا۔ اور اپنے قوانین کی سختی سے پابندی کر کے ہمارے لیے بہت سی آسانیاں پیدا کرتا تھا۔ ہم جہاں جاتے اس کی سطح سے بلندی کا حساب

رکھتے اس کی قربت میں ڈھارس بندھتی اور نیا ولولہ پیدا ہوتا اور اس کے لمس سے مامتا کا احساس ہوتا تھا مگر یہ کیسا سمندر ہے؟

جس کا کوئی اور چھور نہیں۔

جس کا کوئی کنارا ہے نہ ساحل۔

جس کی کوئی سطح ہے نہ تہہ۔

بس ایک ہولناک خاموشی سے بہتا چلا جاتا ہے۔۔ اس کی بے پایانی دیکھ کر فنا کا خوف طاری ہو جاتا ہے۔ پتہ نہیں اس میں بہتے چلے جانے کی کیفیت کبھی ختم بھی ہوتی ہے یا نہیں۔۔ میں ہیبت کے پانیوں میں ڈوبے ڈوبے پوچھتا ہوں۔

"ہم کب تک۔۔ کتنے سال، کتنی صدیاں یونہی بہتے رہیں گے؟"

"صدیاں سال، دن اور لمحے یہ سب الفاظ اضافی ہیں۔۔ ہونا نہ ہونا یہاں ایک ہے۔"

"پھر اس کے بعد؟"

"یہاں پھر نہیں ہوتا اور نہ پہلے اور بعد میں کوئی فرق ہے۔"

"اور میرا ماضی، میری تاریخ۔۔ میری تہذیب؟"

"یہاں ماضی ہے نہ حال اور نہ مستقبل۔۔ تاریخ و تہذیب کا تصور اس گرداب میں لایعنی ہے"

"اور حسن اور خوشی اور جذبے اور زندگی؟"

"سب باطل"

"اور حرکت، محنت، عمل، ترقی؟"

"لاحاصل۔"

"یہ بہت بڑا دھوکہ ہے۔ ایک سنگین مذاق ہے۔"

"یہی مقدر ہے۔"

"میں نہیں مانتا۔۔ میں اپنے پانیوں کو الگ کرنا چاہتا ہوں۔"

"تمہارے پانی؟"

"ہاں میرے پانی۔۔ میں انہیں پہچان سکتا ہوں۔"

اور مجھے یاد آتا ہے

وہ ساحل کی ریت پر قلانچیں بھرتی پھرتی تھی۔ سمندر اسے ہمک ہمک کر اور میں سہم سہم کر سمندر کو دیکھتا تھا۔ میں سمندر دیکھنے آیا تھا مگر وہ مجھے دیکھنے نہیں دیتی تھی۔ بار بار سامنے آجاتی اور اسے اپنی اوٹ میں چھپا دیتی تھی۔ وہ میرے ساتھ آئی تھی مگر سمندر کے کنارے پہنچتے ہی اتنی تبدیل ہو گئی تھی کہ لگتا تھا ابھی چھلک جائے گی

"آؤ پانی میں اتریں۔" اس نے میرا ہاتھ پکڑ کر پانی کی طرف کھینچتے ہوئے کہا تھا۔ مجھے شرارت سوجھ رہی تھی

"تم پانی میں نہ اترنا پلیز"

"کیوں کیا ہے مجھے؟"

"تمہیں تو کچھ نہیں اور نہ ہو گا سمندر میں طغیانی آجائے گی۔"

وہ کھکھلا کر ہنسی تھی اس کی جگمگاتی ہنسی کی آواز سمندر کے پانی پر دور تک دکھائی دیتی رہی، پھر نظروں سے اوجھل ہو گئی تھی۔ ایک لہر آئی تھی اور ہمیں

گدگدا کر واپس چلی گئی تھی۔ یقیناً وہ لہر کسی نہ کسی صورت میں کہیں نہ کہیں اب بھی موجود ہو گی

مجھے یاد آتا ہے۔

ہم سکوٹر پر سوار پہاڑ پر جا رہے تھے کہ ہمیں بارش نے آلیا اور ہمیں بھگو کر نیچے ندی میں اتر گئی تھی۔ بارش میں بھیگ اور دھل کر وہ اور نکھر آئی تھی اور قوس قزح بن گئی تھی۔ قوس قزح سے آلودہ پانی بھی یقیناً یہیں کہیں ہو گا اور وہ پانی بھی جو ہماری موجودگی میں دیوداروں سے گھرے آبشار سے گرتا رہا تھا اور دریا کا وہ پانی بھی جس پر میں اسے کئی برس تک فراقیہ چٹھیاں لکھتا رہا تھا

"مجھے میرے پانیوں کا حساب چاہیے"

"تم پھر بھول گئے یہ وہ سمندر نہیں ہے"

"تو پھر یہ کون سا سمندر ہے؟"

"اس کا کوئی نام نہیں لیکن اگر تم اپنی آسانی کے لیے سمندر کہنا چاہتے ہو تو سمندروں کا سمندر کہو۔ بحر بے کنار سمجھو۔"

"اور وہ سمندر؟"

"اس بحر عظیم میں وہ ایک قطرہ ہے"

"اور وہ قطرہ جو مجھے رخصت کرتے وقت ایک بار اس کی آنکھ سے ٹپکا تھا؟"

وہ ہنستا ہے اور ہنستا ہی چلا جاتا ہے مجھے اس کی ہنسی یاد آ جاتی ہے

"دند چنبے دی لڑی کہ ہنس موتی دانے نکلے حسن انار وچوں۔"

مجھے یاد آتا ہے۔ اس نے کہا تھا جوگی تم جھوٹ کہتے ہو۔ گئے وقت کو کون

واپس لا سکتا ہے اور بچھڑے ہوؤں کو ملا سکتا ہے۔ اور وہ اس وقت تک نہیں جانتی تھی کہ وہ جوگی میں خود ہوں اور وقت کی طرح سنگدل نہیں ہوں۔

پھر مجھے یاد آتا ہے۔ جب میں عزت بیگ تھا اور چناب کے کنارے بیلے میں بھینسیں چراتا تھا۔ مجھے تیرنا اور غوطہ لگانا آتا تھا اور میں تند لہروں کے منہ سے اس کے لیے مچھلی چھین لاتا تھا مگر۔۔ اس رات۔۔ اس نے منع کر دیا تھا اور حالانکہ وہ تیرنا نہیں جانتی تھی وہ طوفانی پانی میں اتر گئی تھی۔۔ اور کہتے تھے بہتا ہوا پانی اوپر اچھالتا اور رکا ہوا پانی نیچے دباتا ہے۔ لیکن اسے بہتا ہوا پانی بہا لے گیا تھا اور وقت نے مجھے ٹھہرے ہوئے پانی کا جوہڑ بنا دیا۔ جہاں سے بوند بوند بھاپ کی صورت نکل بھاگنے میں میرا پورا جنم صرف ہو گیا تھا۔

مجھے یاد آتا ہے ہزاروں لاکھوں برس پہلے ہم ایک ساتھ چلے تھے مگر ہر زمانے میں ہمیں ایک دوسرے کے قریب رہنے کے لئے طرح طرح کی مشکلات کا سامنا کرنا پڑتا رہا تھا۔ روحانی اور جسمانی اذیتیں دی جاتی تھیں۔ زہر پھانکنے اور دریا میں کود جانے پر مجبور کیا جاتا تھا۔ سانپوں سے ڈسوایا اور درندوں کے آگے پھینک دیا جاتا تھا۔ قبر میں زندہ گاڑ اور دیواروں میں چن دیا جاتا تھا اور اس بار بھی ایسا ہی ہوا تھا۔ ہمارے درمیان اجنبیت کی بلند دیوار اٹھا دی گئی تھی اور ہم ایک دوسرے کے قریب رہتے ہوئے بھی ایک دوسرے کو جاننے اور پہچاننے سے قاصر تھے اور ہمیں ایک دوسرے کو جاننے اور پہچاننے کے لیے اپنی قیمتی اور مختصر زندگی کے بہت سے سال ضائع کرنے پڑے تھے۔

مجھے یاد ہے ہمارے گھر کے پچھواڑے میں جامن کا ایک پیڑ تھا۔ جس کے

بارے میں کہا جاتا تھا کہ اس پر آسیب رہتا ہے جو خوبصورت اور نوخیز لوگوں کو چمٹ جاتا ہے۔ ہر سال پیڑ جامنوں سے لد جاتا تھا مگر کوئی اس کے قریب نہ جاتا تھا۔ جامنوں کے بوجھ سے نرم لچکیلی شاخیں جھکنے لگتیں۔ ٹہنیوں سے لگی لگی جامنیں سوکھنے اور سڑنے لگتیں مگر کوئی اتارنے نہ آتا اور میں پوری بستی میں پہلا شخص تھا جس نے فیصلہ کیا تھا کہ جامن کو آسیب کے قبضہ سے واگزار کرایا جائے مگر جب میں نے اس کا پھل چکھا تو جامن کا ایک پیڑ میرے اندر اگنے لگا اور برسات سے پہلے ہی ساری ٹہنیاں ہری اور لال جامنوں سے لد گئیں

مجھے یاد آتا ہے۔

ہر سال دریا بند توڑ کر گھروں، آنگنوں، کھیتوں اور گلیوں میں آجاتا اور جاتے ہوئے بہت کچھ اپنے ساتھ بہالے جاتا تھا۔ سامان، اناج، مویشی اور آدمی۔ اور جب پانی اترتا تھا تو بعض کھوئی ہوئی چیزیں اچھی یا بری حالت میں مل بھی جاتی تھیں۔ مگر ایک بار دریا بستی کی سب سے قیمتی چیز بہا کر لے گیا اور قیمتی چیزیں کون واپس کرتا ہے۔ پانی اترا تو اس کی ہر جگہ تلاش ہوئی مگر کچھ پتہ نہ چلا۔ بستی کے لوگوں کا خیال تھا کہ وہ کسی امدادی کشتی میں سوار ہو کر چلی گئی تھی مگر مجھے معلوم تھا وہ اپنے قدیم آبائی گھر چلی گئی تھی اور کسی دوسرے زمانے میں میرا انتظار کرتی تھی۔

اور موسم آتے جاتے رہے۔

جامنیں پکتی اور سڑتی رہیں۔

اور دبلی گائیں ساری فربہ گایوں کو اور سوکھے خوشے ہرے بھرے خوشوں کو کھا گئے۔

اور پھر کئی برسوں یا شاید صدیوں کے بعد جیسے کسی نے مجھے خنجر بھونک دیا۔

"وہ زندہ ہے۔"

اور میرے اندر کوئی گردان کرنے لگا۔ "وہ زندہ ہے میں زندہ ہوں تو زندہ ہے ہم زندہ ہیں۔"

اور میں تو یہ بتانا تو ہی بھول گیا کہ کھو جانے سے پہلے اس کے حسن کا دور دور تک شہرہ تھا اور اسے قدرت کا حسین شاہکار خیال کیا جاتا تھا۔ اگرچہ بستی میں اس کی موجودگی میں چراغ جلانے پر کوئی پابندی نہیں تھی اور اسے ہر صبح پھولوں سے تولا بھی نہیں جاتا تھا۔ مگر بستی میں ساری رونق، روشنی اور چہل پہل اسی کے دم سے تھی۔

مجھے یاد آتا ہے میں اسے دیکھ کر لرز گیا تھا۔

مجھے یقین نہیں آیا تھا کہ وہ سچ مچ وہی ہے۔

اسے دیکھ کر وقت کی سفاکی اور انسان کی بے مائے گی کا احساس شدید ہو گیا تھا۔ میں اسے اس حال میں دیکھوں گا۔ اس کا میں نے کبھی تصور تک نہیں کیا تھا۔ مجھے وہ لہلہاتے دن یاد آئے تھے جب وہ محض دیکھنے سے گلابی عنابی ہو جاتی اور چھو لینے سے اس کے جسم میں برقی رو دوڑ جاتی تھی۔ مگر اب لگتا تھا جیسے کسی نے پیچھے سے مین سوئچ بند کر دیا ہو۔

اور اس نابینا بڑھیا کی پکار سن کر یوسف گھوڑے سے اتر آیا اور اسے پہچان کر رو پڑا۔

یوسف پچھے دس زلیخا حسن کتھے اج تیرا

کہے زلیخا ہجر رڑھایا ہتھ نہ پہتا میرا
یوسف پچھے دس زلیخا کتھے لب دی لالی
کہے زلیخا جال سدھائی لاٹ فراقاں والی
یوسف پچھے دس زلیخاں زلفاں کدھر گیاں
کہے زلیخا۔۔
یوسف پچھے۔۔

وہ ایک قلعہ نما عالی شان عمارت تھی اور وہ وہیل چیئر میں پتھرائی پڑی تھی وہ بول سکتی تھی نہ سن سکتی تھی اور نہ اپنی جگہ سے حرکت کر سکتی تھی۔

اس کی ایک آنکھ خشک تھی اور دوسری میں آنسو بس امنڈنے ہی والا تھا۔ اور تب سے۔۔ جب سے میں نے اسے دیکھا ہے مجھے پتہ نہیں چل رہا کہ کون سا وقت اور مقام ہے۔ دن ہے نہ رات۔ اندھیرا ہے نہ اجالا۔ طلوع ہے نہ غروب۔ یوں لگتا ہے جیسے آگے پیچھے دائیں بائیں پانی ہی پانی ہے۔ بے رنگ، بے بو اور بے ذائقہ پانی جو گرم ہے نہ سرد اور جس کے حرکت کرنے یا رکے ہوئے ہونے کا بھی پتہ نہیں چل رہا۔

***

منتخب یادگار افسانوں کا ایک اور مجموعہ

ہاری ہوئی جیت

مصنف : محمد منشا یاد

بین الاقوامی ایڈیشن منظر عام پر آچکا ہے